桃树下

高尚 主编

Under the
walnut tree

敦煌文艺出版社

图书在版编目（CIP）数据

核桃树下 / 高尚主编 . -- 兰州：敦煌文艺出版社，2022.8
ISBN 978-7-5468-2208-2

Ⅰ.①核… Ⅱ.①高… Ⅲ.①诗集—中国—当代 Ⅳ.①I227

中国版本图书馆 CIP 数据核字（2022）第 154341 号

核桃树下

高　尚　主编

责任编辑：杨继军　张　桐
装帧设计：马吉庆

敦煌文艺出版社出版、发行
地址：（730030）兰州市城关区曹家巷 1 号新闻出版大厦 23 楼
邮箱：dunhuangwenyi1958@163.com
0931-2131372（编辑部）　　0931-2131387（发行部）

三河市金兆印刷装订有限公司印刷
开本 889 毫米 ×1194 毫米　1/32　印张 11.75　插页 4　字数 200 千
2023 年 3 月第 1 版　　2023 年 3 月第 1 次印刷

ISBN 978-7-5468-2208-2
定价：68.00 元

如发现印装质量问题，影响阅读，请与出版社联系调换。

本书所有内容经作者同意授权，并许可使用。
未经同意，不得以任何形式复制转载。

诗意的大学和大学的诗意

张俊宗

"这里有棵核桃树/默默低垂着叶枝/是她用一万颗绿色的心/悄悄分担着我的沉思……"这是二十世纪六十年代西北师大校友、著名诗人何来先生诗作中的句子。曾几何时,核桃树成了西北师大的象征性标识和一代代学子的精神印记。

就是在这棵核桃树下,留洋海外回国担任西北师范学院院长的李秉德先生,曾感叹世界上发展最快的国家,无不以重视教育而著称于世;就是在这棵核桃树下,那时的西北师大培植和延揽了一批批优秀人才,来自四面八方的专家学者陆续汇聚于此,把"爱国进步、诚信质朴、自强不息、艰苦奋斗"的精神与西北大地深厚的历史文化相融合,构成了支撑西北师大不断前进的强大动力和宝贵财富;就是在这棵核桃树下,我们的师长、我们的校友,放飞了诗歌,绽放了青春,编织了梦想,收获了爱情,谱就了一曲曲感人的交响曲……

在120年的办学历程中,西北师大不仅向教育战线输送着一批又一批的优质师资,也一直注重培养与发掘社会所需的各类优秀人才；既有"甘肃教师摇篮"的传颂，也享有"甘肃诗歌摇篮""甘肃作家摇篮"的美誉。一大批作家、诗人，曾在这里诗以言志，成就事业，走出校园，走向全国。牛汉、唐祈、夏羊、汪玉良、何来、谢富饶、吴辰旭、彭金山、栾行健、张子选、高尚、阿信、叶舟、徐兆寿、张海龙、尔雅、颜峻、刚杰·索木东、严文科、卜卡等，在诗歌创作和诗学研究的道路上接续奋斗，佳作频出。他们都是西北师大的名片，是西北师大的宝贵资源和重要财富。

二十世纪八九十年代，西北师大的校园文学盛极一时、蔚然成风，形成了良好的校园诗歌传统，延续至今。水塔山上、核桃树下、文科楼前、林荫道中……都留下了一批批青年学子寄情抒怀、写意青春的美妙诗篇；《百花》《我们》《先锋》等文学刊物和文学社团更是百花齐放，百家争鸣；"端午诗会""丁香花开""黄河诗歌之夜"等文学活动有声有色，蓬勃开展。诗言志，歌永言。无论是"兴观群怨"，还是"文学即人学"，事实上都归结于诗歌的精神旨趣和价值取向。西北师大的诗歌传统和诗歌精神即是西北师大办学传统和精神的一个缩影。虽然身处西北一隅，但能视及八极、思接千载，并能"诗意地栖居"，守望诗与远方，守望教育理想，从知识、文化上强烈地辐射于外界。

2020年12月，为加强学科建设与交流，传承和弘扬西北师大诗歌创作与研究的优良传统,推进国际文化交流合作,推动"一带一路"建设,由西北师大校友、著名诗人高尚,翻译家树才,法国著名诗人伊冯·勒芒共同策划并牵头组织,经学校批准,"西北师范大学中外诗歌研究与交流中心"应运而生。来自国内高等院校和科研院所,以及法国、瑞典、日本等国家的多位著名诗人和教授学者,相约核桃树下,聚首西北师大,动员并依托全校师生,重启新时代的西北师大诗歌创作与研究。他们与法国等国家同期开展诗歌理论与创作研讨;联合相关学科按照学科方向和研究方向,分语种开展学术研究;定期出版高水平研究成果、申报课题项目;通过外聘专家,广泛深入开展文化、学术合作交流;强化中文学科、外国语言文学学科自身建设与相互深度融合发展,带动辐射其他学科;着眼并突显诗歌的国际性、世界性开展比较研究,继承创新和发扬光大西北师大诗歌传统和诗歌精神。从此,西北师大再次点亮"诗歌的时刻",续写着大学校园的诗歌生命与辉煌。

见证了西北师大扎根兰州、驻守西北、教书育人、弘文励教的"核桃树",本身就是一首厚重、悠远、动人的诗;师生"或喻于声,或方于貌,或拟于心,或譬于事"的"核桃树下",本身就是一个富有诗意的名字。在这里生发的一切,皆成诗歌。这部以"核桃树下"命名的诗集,是"中外诗歌研究与交流中心"的集成之作,也是西北师大的诗意写真。诗集里,诗人们鲜活的文字、律动的行节、空灵的意韵,就像风中摇曳婆娑的核桃树叶,亦如挂满枝头的核桃果实,洋溢着成长的气息与收获的味道。

在一所大学里,当诗歌的粉丝比歌星的粉丝多的时候,她就离高贵越来越近了。正如陈平原先生所说,诗歌乃大学之精魂,诗歌需要大学,大学也需要诗歌。把学校的每个地方都变得诗情画意,留住学生的脚步,留住大家美好的回忆,共同仰望诗与远方,相信我们一定会抵达内心的精神高地。

愿核桃树风雨无摧,硕果累累;愿核桃树下书声琅琅,诗意浓浓;愿西北师大一路高歌,诗心长存!

目 录
Contents

003　于赓虞　影

006　牛　汉　我是一颗早熟的枣子

009　唐　祈　游牧人

011　夏　羊　山巅人家

014　高　野　河畔老柳

016　汪玉良　耶松达坂的回声

020　谢富饶　和平

023　何　来　麦田里的农舍

025　吴辰旭　牧归

027　李老乡　西照

029　朱子国　我愿

032　管卫中　月亮谣

036	崔 桓	月儿诉说着……
038	刘芳淼	北邙山拾梦（之五）
041	王建勇	夜之声
043	杨 雄	露
046	于 进	灯下
048	栾行健	雪花
051	彭金山	别了，兰州
056	冯晓丽	不见
059	李江卫	校园的光
062	汪晓军	走进《新青年》
064	汪幼琴	故园
068	王钧钊	开天笔——伏羲画八卦的故事
072	张津梁	新西兰奥克兰
074	周永福	核桃树礼赞
078	高 尚	风吹过草原
080	曹 昉	给B
082	冯 湖	我的大学
086	武砺兴	有一株兰草的叶子却全是用红线双钩的
089	薛庆余	沿着一片有纹饰的陶片

091	于跃进	大风
096	梁 柩	晒太阳
098	张子选	抱歉帖
101	周 舟	夏日
103	朱继君	伞
105	第环宁	我的满头秀发
108	黎志强	感恩旧岁
111	老 盖	那朵花落
113	史卫东	兰亭
117	漆进茂	西方高地：敦煌
122	尚可新	戈壁，我的戈壁
126	紫 荆	自述或者独白
129	阿 信	心经
131	桑 子	秋歌·第三十六曲
134	雪 潇	西北师大旧文科楼前的那棵核桃树
136	雨 眠	夜雨
138	独 化	我是荷
140	王钟逑	4月20日午后景象
143	郭雪林	老人与蝶

146	马　丁	养马
150	唐　欣	核桃树下的年轻人
152	叶　舟	怀想
155	邱兴玉	陨石
158	西　棣	一封写给秋天的信
161	高　潜	在秋天里我毫无睡意
164	欣　梓	不要对我说起那棵核桃树
166	张　晨	豪·路·博尔赫斯
169	侯拓野	浪漫金昌
172	王正茂	圣容寺断想
174	王安民	春天的戒指
179	丁念保	回忆一个叫马峰的人
182	高　凯	村小：生字课
185	云丹嘉措	天葬朋友
187	窦万儒	轻
189	何环永	吹萨克斯——多好
192	刘　晋	想想有一天总要结婚
196	敏彦文	那年在黄河之都
200	连振波	总想与人一起追忆

203	萧 音	虚拟
208	徐兆寿	割肉救鸽——致敦煌莫高窟第254窟
220	扎西才让	我的秘密——致敬西北师范大学
222	王 珂	情鸟
225	张海龙	给小引：世间所有寂静
227	尔 雅	黄金年代
230	韩高年	我站在奔驰的列车上
233	孙 强	黑山湖的忧郁
235	王德祥	思念
237	李世恩	墙壁上有先生的照片
240	颜 峻	6月23日
242	杨 华	高冷的五月
246	张晓琴	在高原
248	李雁彬	想起兰州
251	马世年	蓝烟飘起的时候
254	木 夕	走在夜色之上，你就是王
257	刚杰·索木东	一九九七年的四海书店
260	柴春芽	核桃树下的忏悔诗
263	严文科	淬炼

267	李振羽	高度
269	牧 风	金城：师大献词
273	陈 勇	非花
276	阎海东	灰鸽子
280	卜 卡	核桃因果
283	刘林山	树的自白
285	郭富平	一段废弃的乡间公路
287	孙小伟	核桃树下杨柳风
290	吕建军	兰州
293	木 木	草木一样的悲伤
295	马吉庆	老虎飞起来
298	高亚斌	枣树下
301	何不度	在这陌生的人世
304	马路明	私奔到唐朝
307	单永东	兰州的雨，能否降落在故乡？
310	杜小龙	一个人的命中之盐
312	陈 刚	一棵核桃树
314	曹 忠	西北之夜：以风的名义
318	许治彪	西北偏西

321　张　玲　看客

324　周文艳　远道而来的核桃

327　北　浪　白马池

330　刘　芳　与风赛跑

333　陈　丽　妈妈就是现在的样子

336　刘红娟　临摹一朵丁香的惆怅
　　　　　　　——记师大四月丁香花开

338　谢腾飞　关中有个女麦客

343　田　硕　合影

345　薛蕊蕊　我数次举起相机对准空无

347　阿　天　核桃树

350　陈　岩　停下来

353　树　贤　梦见与父亲牧羊

356　任智峰　飞鸟

后　记

于赓虞
Yu Genyu

于赓虞(1902—1963),名舜卿,字赓虞,以字行世。河南西平人。新月派诗人之一,著名诗人、翻译家。1923年,于赓虞与赵景深、焦菊隐等人成立新文学社团,即风云一时的"绿波社"。1944年,赴兰州任国立西北师范学院英文系主任。

诗观:当代的诗,仍在歧途上徘徊着。

影

于赓虞

看,那秋叶在明媚的星月下正飘零,
与你邂逅相逢于此残秋荒岸之夜中,
星月分外明,忽聚忽散的云影百媚生。
看,那秋叶在明媚的星月下正飘零,
我沦落海底之苦心在此寂寂的夜茔,
将随你久别的微笑从此欢快而光明。
苍空孤雁的生命深葬于孤泣之荒冢,
美丽的蔷薇开而后谢,残凋而复生,
告诉我,好人,什么才象是人的生命?
这依恋的故地将从荒冬回复青春,
海水与云影自原始以来即依依伴从,
告诉我,好人,什么才象是人的生命?
夜已深,霜雾透湿了我的外衣,你的青裙,
紧紧的相依,紧紧的相握,沉默,宁静,
仰首看孤月寂明,低头看苍波互拥。

核桃树下 | Under the walnut tree

夜已深,霜雾透湿了我的外衣,你的青裙,

寂迷中古寺的晚钟惊醒了不灭的爱情,

山海寂寂,你的影,我的影模糊不分明……

注:本诗创作发表于20世纪上半叶,为了向读者提供一个原汁原叶的版本,对诗中"象""的"等字词,不进行现代汉语的规范化处理。

牛汉
Niu Han

牛汉(1923—2013),本名史承汉,后改名牛汉,曾用笔名谷风。山西定襄人,蒙古族。现代著名诗人、文学家和作家,"七月"派代表诗人之一。1938年在甘肃天水加入中国共产党;1940年开始发表诗歌;1943年考入国立西北大学俄文专业(西北师范学院外文先修班)。 1940年开始发表文学作品,主要写诗,后来也写散文。曾任《新文学史料》主编、《中国》执行副主编,中国作家协会全国名誉委员、中国诗歌学会副会长。他创作的《悼念一棵枫树》《华南虎》《半棵树》等诗广为传诵,曾出版《牛汉诗文集》等。

诗观: 我喜欢并追求一种情境与意象相融合而成形的诗。这种诗,对于现实、历史、自然、理想等的感受,经过长期的沉淀、凝聚或瞬间的升华和爆发,具有物象和可触性。

我是一颗早熟的枣子

牛 汉

  童年时,我家的枣树上,总有几颗枣子红得特别早,祖母说:"那是虫咬了心的。"果然,它们很快就枯凋。

——题记

人们

老远老远

一眼就望见了我

满树的枣子

一色青青

只有我一颗通红

红得刺眼

红得伤心

一条小虫

钻进我的胸腔

一口一口

啃咬着我的心灵

我很快就要死去

在枯凋之前

一夜之间由青变红

仓促地完成了我的一生

不要赞美我……

我憎恨这悲哀的早熟

我是大树母亲绿色的胸前

凝结的一滴

受伤的血

我是一颗早熟的枣子

很红很红

但我多么羡慕绿色的青春

唐祈
Tang Qi

唐祈，原名唐克蕃，江苏苏州人。1943年毕业于国立西北大学文学院历史系，获文学学士学位。1943年参加革命工作，1978—1981年任甘肃师范大学（今西北师大）学报副主编，后调入西北民族学院汉语系。1948年上海艺林出版社为他出版了《诗·第一册》，后出版有《九叶集》（合著）、《八叶集》、《唐祈诗选（1938—1957）》等诗集，主编《中国现代新诗选（1917—1949）》《中华民族风俗辞典》等。20世纪40年代，唐祈成为"中国新诗"派（后称"九叶"派）的重要成员，与唐湜并称"九叶二唐"。

诗观：一部当代的新诗史诗应该是许多杰出的具有时代感和使命感的诗人群的作品的汇集。

游牧人

唐 祈

看啊,古代蒲昌海边的
羌女,你从草原的哪个方向来?
山坡上,你像一只纯白的羊呀,
你像一朵顶清净的云彩。

游牧人爱草原,爱阳光,爱水,
帐幕里你有先知一样遨游的智慧,
原始的笛孔里热情是流不尽的乳汁,
月光下你比牝羊更爱温柔地睡。

牧歌里你唱:青春的头发上
很快的会盖满了秋霜,
不欢乐的生活啊,人很早夭亡
哪儿是游牧人安身的地方?
美丽的羌女唱得忧愁;
官府的命令留下羊,驱逐人走!

夏羊

Xia Yang

夏羊，1948年毕业于国立西北师范学院国文专修科。历任定西中学语文教师，定西师范专科学校教师，甘肃省定西地区文联副主席、主席。甘肃省文联第二届委员，中国作家协会甘肃分会理事、甘肃省作家协会第三届名誉理事，散文诗研究会第二届理事，甘肃省作家协会创作指导委员会委员。组诗《陇坂红军行》获甘肃省文学作品二等奖，散文诗《秋叶》获甘肃省优秀作品奖，散文诗集《花串与火石》获甘肃省第三届文学评奖优秀作品奖等。著有诗集《山塬春》《唿哨的季风》《希望的调色》《三棵草》《雷日》，旧体诗词集《秋鹤晚蚕集》《梯米集》，散文集《悠悠心声》《追火者》《苦心斋艺简》等。

诗观：蜕变，意味着递增的新生。

山巅人家

夏 羊

黎明,我望那山巅人家,
白雾正将轻薄的面纱挂起;
夜晚,我望那山巅人家,
明星隐约地亲吻着屋脊。

太阳给它最先抹上胭脂,
月亮给它最先披上白纱,
彩虹把金桥搭在它的门口,
雷电把锣鼓敲在它的脚下。

整个山梁就是它的屋基,
层层的梯田是平宽的台级,
春天,铺着一片绿苗的绒毯,
秋天,镀上一层黄穗的金铂。

那茅楼上夜会的点点灯火,

核桃树下 | Under the walnut tree

山下人把它当作星星数过;

那清晨岭头上飘动的红旗,

山下人赞美它赛过一堆野火。

笛声如涓涓细泉泻下山巅,

树伞下又摆开祝贺的酒会,

从熊熊篝火闪耀的焰苗上啊,

飘腾起丰收的笑声和香味。

      1956.12.29

高野

Gao Ye

高野,生于1932年,原籍山东郓城,新中国成立前夕奔陕甘宁边区关中联中学习,1954年毕业于国立西北师范学院艺术系,从师于吕斯百、常书鸿和黄胄诸大师。毕业后从事美术教学工作多年,中途被错划为"右派"20多年,复出后转向诗歌创作。其成名作为《小八路》和长诗《毛线妹》,主编有《二师史》《民主党派史》等。为中国民主促进会会员,中国美协会员。

诗观:脚下那盘综错节的根,犹如向大地伸出的手。

河畔老柳

高 野

我是一棵河畔老柳
一夜之间,被伐掉树头
春天里,再无力生出新枝作檩
难以满足盖屋主的需求
脚下那盘综错节的根
犹如向大地伸出的手
深些,再深些,牢牢地
保住树干,不再被风拔走

汪玉良

Wang Yuliang

汪玉良（1934—2019），甘肃东乡人，中共党员。1956年毕业于国立西北师范学院。中国作家协会会员，中国书画研究院研究员，西北文化研究会副会长，甘肃丝绸之路协会副会长，国家一级作家，中国花鸟画家。历任甘肃人民出版社文艺编辑室主任、甘肃省文联副主席等职，是中国文学艺术界联合会第三、四、五次全国代表大会代表。2009年获中国作家协会颁发的从事文学创作60年荣誉证章证书，同年被甘肃省委省政府授予"甘肃省文艺终身成就奖"，2018年被授予"百年百名华人诗人"称号。

诗观：我们这个民族经历的苦难太多了，要抢救文学遗产就要有一种苦干实干的民族精神、奉献精神，才能担负起这个重任。

耶松达坂的回声

汪玉良

何处去寻觅失踪的恋歌?
她就陷落在自己的身边!
哦,风暴来得这样猝然,
那柔弱的歌来不及躲闪!

她在哪里? 在哪里?
我的心在伤痛中呼唤!
只把浸透泪水的目光,
投掷在我的耶松达坂。

哦,达坂,我的摇篮!
那时候我难得和你相见。
我那心酸时刻的慰藉,
却来自你温柔的心瓣。

如今山风牵着我的手腕,

掀开你的昨天你的今天。
却是你收藏了那负伤的歌,
风暴从没有把你的琴弦打断!

你啊,我的心爱的达坂!
你在十月的爱抚中打扮。
你那情不自禁的欢愉啊,
在金穗的明眸中灼灼闪现。
那荡着生活情趣的扯船,
那洮河偎抱着的峭耸堤岸,
那大山脚下轻轻激溅的水泉,
都一齐向我掷来新的诗篇。

仿佛在襁褓中的第一声呼唤,
又返回到我惴惴不安的心田;
耶松达坂怀里腾起的柔风,
把我伤心的泪珠徐徐吹干……

阿娜啊,我的恋歌的源头!
我会把祖国揉进你的琴弦;
让歌音噙着人民的忧欢,

在通向未来的路上不再失陷。

              1984.9,耶松达坂

注:耶松达坂是东乡族自治县的一个山村。

谢富饶

Xie Furao

谢富饶,笔名富饶、纤夫、谢实等,江西奉新人。1934年出生,1958年毕业于国立西北师范学院。中共党员。历任甘肃省人民政府办公厅文教处处长、甘肃电视台副台长、省文联党组书记、副主席等职。坚持文学创作,发表散文、诗歌、评论100多万字。出版散文集《秋叶集》《淡香的枣花》《无叶的干枝梅》等。中国作家协会会员,甘肃省杂文学会名誉会长。

和平

谢富饶

一

坦克车履带的痕迹,

还深深留在地上,

开拖拉机的战士跳下车来,

看最后一眼,

过去的事,要在他记忆中永远遗忘。

拖拉机从履带痕上轰轰走过,

翻起一条沃黑的泥浪。

谁有比他更光荣的权利,

写出这最神圣的诗行?

二

一群白色的鸽儿,

落在荒塌了的碉堡寻食，
红嘴伸进长了锈的钢盔里
畅饮着早晨装满的甘露。

架枪的洞眼里生出一丛映山红
鸽儿曝晒追逐在上面。
这是一幅庄严的图画，
道出了人们最朴素的意愿。

何来
He Lai

何来,甘肃天水人。1963年毕业于甘肃师范大学。曾任定西中学教师、定西地委宣传部文化科科长、定西地区文联秘书长、《黄土地》文学杂志副主编、甘肃省作家协会副主席及诗歌创作委员会主任委员、《飞天》文学月刊社副主编、编审、甘肃省文联委员、中国诗歌学会理事等职。出版诗集《断山口》《爱的磔刑》《卜者》《热雨》《侏儒酒吧》《何来诗选》等,主编出版了报告文学集《艰难的跨越》《大陆桥丛书》《甘肃五十年文学作品选萃诗歌卷》等。

诗观:写诗就是在自己身上不停地挖掘、打井。

麦田里的农舍

何 来

那簇房舍
从碧绿的海洋
航行到金色的海洋
并没有移动
只是春天的风
吹来了夏天的白云

到处散发着腐殖质的气味
只用鼻子嗅一嗅
就知道马厩在哪里
暴雨已经光临过了
踏倒了果园结实的栅栏

树上的蝉聒噪着
怎么听都像在磨镰
老树用庞大的浓荫
捍卫着两个歇晌的农妇
和她们悠扬的鼾声

吴辰旭

Wu Chenxu

吴辰旭，山西万荣人，著名诗人，诗歌评论家，杂文家。1964年毕业于甘肃师范大学，曾任甘肃省作协理事，甘肃省杂文协会会长。曾主持《甘肃日报》文艺副刊"百花"，参与创办《少年文史报》（后名《少年文摘报》）并任总编辑，2001年退休后返聘至《甘肃经济日报》任常务副总编、高级顾问。著有《甘肃50年杂文选·吴辰旭卷》等，出版文集十一部。

牧归

吴辰旭

漫过千秋岁
羌笛悠悠,悠悠
总也吹不直
毡帐柄上那牛粪的袅娜

无尽的羊畜从遥远的夕阳中倾泻过来
甩下无尽的山脉描绘高原的古拙
咩咩声泡胀无尽的时空
亦泡胀远方城市的议论

李老乡

Li Laoxiang

李老乡（1943—2017），原名李学艺，河南伊川人。1966年毕业于甘肃师范大学美术系，1965年开始发表作品，1988年加入中国作家协会。曾任《飞天》杂志编审、甘肃省作协副主席等。著有诗集《春魂》《老乡诗选》《野诗》《被鹰追踪的人》等。获第三届鲁迅文学奖诗歌奖、甘肃省优秀文学作品奖、《人民文学》长沙杯诗歌奖等。

诗观：诗歌是"留白"的艺术，贾岛的"只在此山中，云深不知处"这两句，就是"留白"。

西照

李老乡

鹰也远去
又是空荡荡的
空荡荡的 远天远地

长城上有人独坐
借背后半壁斜阳
磕开一瓶白酒一饮了事
空瓶空立
想必在扼守诗的残局

关山勒马 也曾
仰天啸红一颈鬃血
叹夕阳未能照我
异峰突起

朱子国

Zhu Ziguo

朱子国，1977—1982年就读于西北师范学院政治系春乙班，学业般般。参与成立诗歌学会，偶有动笔，量少质差，说来汗颜。油印刊物，建议取名《我们》，幸被采纳，据说沿用至今。看来我给母校能留下的，也只有这个刊名"我们"了。毕业后长期供职《现代妇女》杂志社，只为稻粱谋，不说也罢。

诗观：人生四大奢侈品，空气，阳光，水和诗。有诗以前，柴米油盐酱醋茶；有诗以后，柴米油盐酱醋茶。仅此而已。

我愿

朱子国

一

我愿做你的睫毛,
拱出你无限的魅力。
用身体挡住那轻浮的尘土,
像岸柳守着湖堤。

万一你遭遇到狂风侵袭
沙粒揉进了眼里,
要哭泣你就尽情哭泣吧
我会把帘儿拉低。

二

我愿做你的言语,
憩息在你的舌底。

秋波与热吻间搭起鹊桥,

神秘的信息。

当你被爱情的绳索捆绑,

抛进了黑沉沉的炼狱。

我就会宣布一条无情的真理,

连伟人也不能抗拒。

三

我愿做你的影子,

被你踩在脚底。

幸福时你尽管忘记我吧,

只要不剥夺我追随的权利。

当生命的灯盏将灭,

我会偎在你的枕际。

只有我能熨平你死亡的痛苦,

分享你墓穴的孤寂。

管卫中

Guan Weizhong

管卫中,1957年生于甘肃,插过队,当过工人,1978年初考入甘肃师范大学中文系,1982年初毕业。毕业后任《当代文艺思潮》杂志编辑。1999年起先后任甘肃文化出版社副社长、总编辑、编审。曾任中国文艺评论家协会理事、甘肃省文艺评论家协会副主席;中国作家协会、中国电影家协会和中国电视家协会会员,甘肃省档案学会理事。

诗观:用尽量精致而朴实的诗的方式,书写真话。

月亮谣

管卫中

童年时节

月亮是悬挂在东山顶上的

一盏灯笼

趴在窗户上

我傻傻地想

山的那边

有我不曾见过的城市

那是多么热闹的地方啊

长出髭须后

月亮是镶嵌在天上的

那口水井

围坐在车间火炉旁烤馒头的时候

我悄然在想

山的那边

有我家的小院

母亲还是坐在水井旁

在搓洗褴褛的日子

戴上眼镜后

月亮是那个

渐行渐远的女子

坐在黄河边上

我一遍遍地摩挲

那块一起坐过的长条石

知道石头不会再有

昔日的温热

鬓发染霜了

书房窗外

月亮还是那盏

挂在山顶的灯笼

虽然似曾相识

但我知道

我心中的月亮

永远不会再有

变圆的日子

核桃树下 | Under the walnut tree

再后来

我不再关注

月亮的盈缺

在我眼中

它不再有诗意

而只是一颗

冰冷的球体

2019年8月,于兰州雁滩陋室

崔
桓
Cui Huan

崔桓,1955年生,籍贯辽宁。1982年春毕业于西北师范学院中文系,系校青年诗歌学会首任副会长,主编会刊《我们》。曾任教于兰州商学院(今兰州财经大学),现在北京某杂志社工作。

诗观:因为道路已隐入草丛,不再蜿蜒,而让路从这里开始,一直通向海边,是我向你和大帝许下的诺言。

月儿诉说着……

崔 桓

月儿诉说着

空中的寂寥

灯们叹息着

陆地的喧扰

蟋蟀在墙角

低唱

蚂蚁正在专心

垒自己的巢

婴儿停下了

吸吮

于是混濛的夜沙中

闪出了两颗

黑亮的葡萄

刘
芳
森

Liu Fangsen

刘芳森,1953年生,籍贯河南洛阳。1982年春毕业于西北师范学院中文系,从事小说和诗歌创作。曾供职于现代妇女杂志社、中国民航杂志社。

诗观:早晨起来写诗,我发现青春大联欢的蛙鸣激起热情,梦里的图案早已支离破碎。

北邙山拾梦（之五）

刘芳森

洁白的云
是我吹向蓝天的蒲公英

那天，阳光很浓
我造了许多风

末了把黄昏装在篮子里
还有湿漉漉的麦粒
渗透了疲倦的歌声
门前的石磨转呀，转……
碾碎了邙山的夏
笼屉里蒸熟了童年的梦

请通知我的小伙伴
从昔日的合影里
再送一支蒲公英

我的篮子呢?

我又捡了一捧

梦海的星星

王
建
勇

Wang Jianyong

王建勇，1957年出生于甘肃陇西，祖籍陕西府谷。1982年春毕业于西北师范学院中文系。曾在定西地委、新华社兰州分社工作。现居巴黎。

诗观：为了一颗伤痕累累而完整的心，相信生命。

夜之声

王建勇

夜
失落庞大的身躯
缓缓坠地

灯光
惊恐地瞪着眼睛
若即若离

咚 咚 咚

你艰难的声音
渗透绯红的记忆

杨雄
Yang Xiong

杨雄，1977年高考入学，1982年春季毕业于西北师范学院中文系。长期工作于敦煌研究院，任学术委员会秘书长。曾任甘肃省文物考古研究所所长。2002年辞去职务，任重庆三峡学院文学院教授、敦煌学研究所所长。出版《敦煌论稿》《大足石窟与敦煌石窟的比较》等论著8部，姓名见载于季羡林主编《敦煌学大辞典》。

20世纪70年代起发表诗歌等文学作品，90年代与人合出诗集《敦煌魂曲》。近年潜心研讨中文诗歌的理论与实践，有心得若干待面世。

诗观：诗歌要脍炙人口，要有社会传播力、历史穿透力，要能雅俗共赏。有的诗人能雅不能俗，有的诗人能俗不能雅，无论雅俗，善者俱佳。然而，无如亦雅亦俗者，雅俗共赏，善之善者也！

露

杨 雄

与外力平衡

长得一派浑圆

灵魂与躯体

水晶般透亮

不事喧嚣

生在嫩草间

花瓣边

绿叶上

山川掩映

草木扶疏

白云青天

有自己的财富

星河淡淡

雄鸡啼晓

明月西望

有自己的太阳

最后一嘘

吐完了润湿

匆匆去了

是天年已尽

不希冀顽石的久长

不是泪珠

金龟 银鹤

唱的自家的挽歌

白日渐高

山腰的雾

饱和明晨的理想

于进
Yu Jin

于进,1949年生于甘肃临洮。1982年秋毕业于西北师范学院中文系,曾任金昌市人民广播电台台长、金昌市作家协会主席。著有诗集《锦色戈壁》、散文集《流珠的河》等。

灯下

于 进

孩子妈飞针走线
爸爸刚讲完古老的童话

小儿子突然叫起来
"爸爸,你头上有白发!"

一根、二根、三根……
数落了妈妈脸上的玫瑰

七根、八根、九根……
数暗了爸爸眼里的星星

"爸爸,你跟共和国一样大
国家有没有白发?"

一个天真的问号
封住了会讲故事的嘴巴

栾行健

Luan Xingjian

栾行健，1948年生。安徽人。当过工人、教师。1982年春毕业于西北师范学院中文系。1997年至2007年任兰州市教育局局长。主要作品有《栾行健诗选》等。

诗观：诗，必须要有只属于它自己的个性。

雪花

栾行健

雪花,在翩翩地舞着,
雪花儿轻轻地、轻轻地飘下。
看那青翠的松枝,
已披上了洁白的轻纱。

雪花儿,雪花,
你是这样的纯白无瑕。
雪花儿,雪花,
你为何这样不停地飘啊?

你像一位温柔的姑娘,
没有一点矜持、自夸。
你带着无限的柔情蜜意,
亲吻着大地母亲的面颊。

雪花儿,雪花,

你是这样庄重、素雅。

你是春风的使者,

你是这样的意态潇洒。

雪花儿,雪花,

你在我滚烫的心上溶化。

我渴饮你生命的泉水,

在生活中种植上爱情的幼芽。

雪花,在翩翩地舞着,

雪花轻轻地、轻轻地飘下,

飘下,飘下……

我爱这洁白的雪花。

1979年元月

彭
金
山

Pen Jinshan

彭金山，生于1949年，笔名金山、菊山，河南南阳人。中国作家协会会员、教授。1978年考入甘肃师范大学中文系，任校青年诗歌学会首任会长，与同仁创办诗刊《我们》。大学毕业后先后在庆阳和兰州工作，曾任西北师范大学文学院院长、甘肃省当代文学研究会会长等。1973年发表第一篇作品，迄今发表作品和论评800多篇（首），出版诗集《象背上的童话》《看花的时候》《大地的年轮》及专著《中国新诗艺术论》《陇东风俗》等10余部。

诗观：诗是经验和智慧的发现，通过有意味和旋律的语言形式呈现出来。一首好诗就是一个独立的存在，当你需要的时候，会张开一道缝，让你进去暖和一会儿。

别了,兰州

彭金山

别了　兰州

我的初见面的揣测和重逢的欣喜

我的交给小商店和花园的午休

我的擦得锃亮大声喧哗着的黑皮鞋们

我的走出纸袋又钻进另一个封套的年轻的履历

我的迎新会上心花初绽的黑眼睛黄眼睛们

我的使用四年却记住一生的排行

还在老大之下老三之上吗?

别了　兰州

我的七角钱一本涂了又改的油光纸讲义

我的宏词高论后擦着镜片微微喘息的老师

我的才华流泻的讲台和不争气的铱金笔

我的试卷上待填的空白和轻搔的头皮

我的切割时空总是急如雹雨的电铃声

我的刚入座就盼望下课的公共课的骚动

核桃树下 | Under the walnut tree

我的响起在零点阶梯教室空灵的足音

我的运动会上憋足了劲却射出一片哄笑的发令枪

我的颁奖日里飘逸的大方和羞涩的拘谨

我的女排夺魁之夜奔出走廊敲响大街的狂欢

我的壁报栏前攒动的人头

还是纪念碑座前的风景吗?

别了　兰州

我的被夜色浸蓝又被朝霞染红的诗句

我的散发在凌晨四点的油墨香和怯生生的秘密

我的被掌声推上大厅舞台的诗歌音乐会

我的半是公开半是地下的交谊舞场

我的把稿纸攥得汗湿又不敢打开的柔嫩的小手

我的每人五角钱凑起的刘家峡水库泛舟之夜

我的因黄河暴涨未能点燃的篝火晚会

拖树枝的板车还在嘎嘎地叫吗?

别了　兰州

我的每日三起三落锅碗瓢勺的交响和欲望饱满的长龙

我的把早餐和中餐合一起并不便宜的星期天

我的单程一角五分为买一本新书的果绿色的车票

我的掏五分钱就能走进白大褂瞳仁的校医室的窗口

我的芳名四溢的白兰瓜和香倒杨炼的牛肉拉面

我的铁网深处诱人的秋天和保卫科的白纸通告

我的读了《马丁·伊登》响起在冬日凌晨勇敢的擦澡声

我的影剧院前"钓鱼"的悠闲和焦急

我的为赴一次约会借了三块手表的定西才子

我的一个节日八方相思的别致的晚宴

煤油炉还是老点不着吗?

别了　兰州

我的清晨像小鸟一样响起在走廊的洗衣妇的声音

我的一月五十四元工钱嘟囔着刷厕所的女工

我的吆喝像唱歌一样的卖水果的小贩儿

我的补好皮鞋又赠一个笑的黧黑的川北姑娘

我的擦着车窗等候在学生宿舍楼前的轿车司机

我的走到楼前还在打问道路的果酱色兴奋的母亲

还在踣踣地走吗?

别了　兰州

我的由奶声变得浑重的男中音

我的由羞怯转向大胆的眼神

核桃树下 | Under the walnut tree

我的第一次听到关于翻扣西瓜皮的河西走廊和

陇东窑洞的故事

我的赴碧口写生的油画班的姑娘和她的小毛狗

我的遮来挡去终究还是打进了心灵的羽毛球

我的停电后宿舍里小树林一样漫生的活跃

我的告别宴会上喝昏了头不知开往那里的"火车"

我的燃着灵感也燃着忧郁的老诗人的灯光

我的捏着饺子捏进淳厚能把星期天捏得快活的洛阳大姐

鬓发又斑白许多了吧?

别了　兰州

我的把日光灯涂成猫眼绿的勤劳的西北风沙

我的把草坪冻成溜冰场的十二月严寒

我的西固城头日里夜里红着的小太阳

我的五泉我的白塔我的桃林我每年都为它洒汗的九州台

我那流着油渍和野性的黄河水

还在时时拍打着石堤吗?

冯晓丽

Fen Xiaoli

冯晓丽，1978—1982年就读于西北师大中文系，文学学士学位；1982年在甘肃省政府办公厅工作，甘肃省青联副主席，全国青联委员；1993调团中央中日青年交流中心工作，1998在民政部社会福利中心工作。2016年至今，在中国社会福利与养老服务协会工作，任会长，兼《福利中国》杂志总编。

核桃树下 | Under the walnut tree

不见

冯晓丽

说好不见。
思念如春晨的鸟,
在霓霞中婉转,
红了山谷,绿了清涧。

说好不见。
思念如盛夏的风,
在山林间呢喃,
松涛和吟,醉了山峦。

说好不见。
中秋的夜,
灵魂在天穹执手缠绵,
月隐云纱,星泪闪闪。

说好不见。

严冬冰雪下,

心如树种相依而眠,

静静等待,绽放的春天。

说好不见。

凝眸星宇,

望穿云水,

诉不尽,今生缘……

1990. 2. 16

李江卫

Li Jiangwei

李江卫,笔名微言,高级政工师,高级企业管理咨询师。甘肃省作家协会会员、兰州市作家协会理事,甘肃省青年诗歌学会会员。1978年进入甘肃师范大学中文系学习。在校期间即在《飞天》《甘肃日报》《兰州晚报》《小白杨》《金城》等省市报刊发表诗作,屡获省市诗歌赛事创作奖。出版诗集《绮梦如歌》,诗文选《水龙吟》《西部放歌》《明星璀璨》等。先后在国企、民企任职,曾负责北京华联安宁店组建和经营管理。后赴成都地区某产业集团任CEO等高管,曾任成都市党代表、政协委员、商会副会长、女企业家协会副会长等,期间屡获各级荣誉奖项。

诗观:八十年代校园诗歌的兴起和发展,为中国诗歌的全新变革输送了前所未有的活力与生机。

校园的光

李江卫

我热爱光
我来到今天
用生命谱写永恒的歌曲

通往教学楼的道路伸向远方
学子们迈开启程的步履
朝阳舒展臂膊微笑着
给核桃树披上华美的金麾
阳光呵,我的心弦为你起舞
拨响希望的晨曲

当我在教室合上书本
窗外已是漫天星眼低垂
娇月温柔地护送我夜归
洒下银辉如清冽甘甜的水
月光呵,我的心弦为你吟诵

核桃树下 | Under the walnut tree

弹起悠扬的小夜曲

图书馆的长桌恰似机场
书页正载着思绪起飞
渴望的目光如离弓箭镞
一束束穿越知识的门楣
目光呵,我的心弦为你振奋
奏鸣催征的进行曲

我追逐光
我奔向明天
用生命伴随永恒的歌曲

汪晓军

Wang Xiaojun

汪晓军，字晏苏。籍贯甘肃甘谷，兰州出生，武威、白银成长。做过书店伙计和插队农民。1977年11月参加高考，1978年3月被甘肃师范大学中文系录取，七七级八一届甲班。1982年1月被分配至甘肃人民出版社工作。从业出版38年，其中兰州28年、北京10年。曾任读者出版集团副总编辑、甘肃省新闻出版局副局长、中央党史研究室宣教局副局长、中共党史出版社社长兼总编辑。中国作家协会会员。

诗观：五行诗，我喜欢的短章小令。我开始退休生活的方式，就是尝试五行诗的写作。诗言志，我心目中的"志"，是一点感悟、一份思绪、一种情感、一声喟叹、一句感慨。

走进《新青年》

汪晓军

箭杆胡同横在北池子一角
《新青年》在这里横放排炮

静夜　看陈独秀笔底浪潮

咫尺之间的太庙
有沉钟余音袅袅

　　　　2021年，北京马连道

汪幼琴

Wang Youqin

汪幼琴，安徽省望江县人，1978—1982年在西北师范学院中文系汉语言文学专业就读，1983—1984年，1989—1990年在兰州大学哲学系上学。兰州大学教授，甘肃省作家协会会员，甘肃省妇女书法家协会会员，中国诗歌网驻站诗人。出版诗集《情人的目光》《温暖的太阳》《璀璨的星辰》《汪幼琴诗选》，参编《1949—2000年中国诗歌研究》一书，出版长篇小说《无梦男女》。出版著作《辩证唯物主义与历史唯物主义教程》《辩证唯物主义教程》《马克思主义哲学原理疑难问题解析》，参编《现代西方哲学》教程。发表学术论文多篇，多次获奖。2020年荣获《中华世纪新诗典》杰出诗人称号。

诗观：诗人必须是一个真诚的人，真诚地生活真诚地写诗。诗歌以个人的方式对社会产生影响，这个影响有多大，诗人不能预估。诗歌与小说相比较，具有更多的自我意识，甚至自我隐秘的意识，这应该属于诗歌表达的特长，它对于揭示复杂的人性具有优先权，这是其他文体不能比拟的。诗人对生活要保持高昂的激情，用敏锐的触角触摸生活，感受悲喜，扑捉灵感，进行创作。所谓愤怒出诗人，悲情出诗人，说的就是这个道理。没有激情的人不可能成为诗人，对什么事都麻木不仁的人不可能成为诗人。

故园

汪幼琴

故园的微风

在树梢栖息

等待清晨

抚摸年轻的面孔

那是从附中

到康乐麦地兰州工厂

走进象牙塔里

镂刻着三千六百多个日子

风霜洗礼

沧桑坚毅的面孔

故园的溪水

在暗香蓄积

等待真诚

献给我第一缕湿润

那是一片荒地

雪藏一支桂花

渴望姹紫嫣红

寻寻觅觅

翻篇无水的日子

故园的鸽哨

在廊檐绕着

等待悄悄

翻开崭新的书本

那是一个乞丐

向往丰盛美食

披荆斩棘

热泪盈眶的期待

故园的小径

铺开了鹅卵石

等待着陡然

我的脚步敲响清晨

那是弯月微曦

书山有路

勤为径

三千六百多天坚持

踏踏脚步

回响的继续

王钧钊

Wang Junzhao

王钧钊，笔名黄祈，主任编辑。1982年1月毕业于西北师范学院中文系，长期从事新闻、文学创作和易文化研究。获"甘肃省最佳优秀青年记者""甘肃省优秀新闻工作者"等省级称号。曾任《中国—东盟博览》杂志总编辑。甘肃省八运会大型艺术表演《走向太阳》总撰稿，全国首届农民武术大赛大型艺术表演《中华武魂》总撰稿。长篇小说《珍宝疑踪》获第三届国家图书奖，担任编剧的电视连续剧《毛岸英》获28届"飞天奖"一等奖，白马文化长篇神话史诗《白玛娜木》获《文荟北京》诗歌一等奖。2008年获"全球华人易学领域十大领军人物"称号。

诗观：自然社会自身，体悟磨砺修行，追崇真诚善美，升华境界性灵。事物触闪心光，诗魂瞬进，诗情如涌，形式无雕自顺成。

开天笔

——伏羲画八卦的故事

王钧钊

山巅。黛青色篝火黯淡了天幕摇晃变幻
孤独描述的巨影像浓密的马鬃流下眉棱
长发肩头右手枯枝伸出蓝烟折皱白桦皮
神秘的圈圈点点铺满身后额头倾斜睿智
明眸中射出绝望死盯着夕阳刚刚隐没的
崦嵫谷似乎奇迹还会从那里再一次升起

　　　　　（奇想突发。蒙昧混沌中

　　　　　　　　　这个野人！
　　　　　他要摄捉自然界的魂灵。）

他没忘记震怒。那个宣言时辰摄天地魂
灵启蒙昧自信却变成无数惊慌攒动冰冷
白须黄发斥叱以皱密年轮披着狼皮狮皮
男巫女觋以扭动抽搐赤裸战栗宣称天神
激怒将灭绝生灵恐骇无数功勋竟支不住

一个善良的幻梦他举起燃烧的咆哮愤懑
走向孤独走向上苍惩罚远离彷徨的巅峰
　　　　　（倔强。迸响着悲壮
　　　　　这个野人！
　　　他硬要摄捉大自然的魂灵）

昼与夜。太阳和月亮一次次越过他蓝色
头顶凶焰火环灼烫叶衣遮不住古铜筋隆
冷光冻僵他凝思的失望群山显示出狰狞
痉挛怪脸又褪隐进莽莽浪海漆黑的恐吓
几支涂毒石箭射进食物堆身后冷冷一瞥
天和地迅速闭合撇一抹轻蔑的嘴唇血红
挑衅被刺痛的神经摔下折断的狂怒抽搐
冒烟的愤恨以疯狂记录下这奇耻的一瞬
一横。一横。一横。心灵旋转撞进闪电
乾！狂喜骤然蹦起满溢阳刚的雄健图形
　　　　　（苦难撞裂。智慧闪电
　　　　　这个野人！
　　　奇迹般地，竟捉住了上苍的魂灵）

他栽倒下去。刹那万支利箭冲射出头颅

核桃树下 | Under the walnut tree

裂痛是喜悦惩罚灵感在昏厥中扭曲呻吟
篝火没想到枯枝没想到白桦皮没有想到
这简陋的一笔以诚拙的睿智开辟出神奇
混沌漆黑思维夜空升起昭示智慧的光轮
篝火堆劈劈啪啪重新燃亮头顶又蹦出了
无数闪闪眼睛星星等待着他再一次苏醒
　　　　　　（生命没有灭绝。
　　　这个伟人,高举起八卦奇图
　　　带领野性狂欢的火把,走进早晨
　　　　　走进古老的东方文明）

张津梁

Zhang Jinliang

张津梁，笔名长木，1969年10月参加工作，1982年1月毕业于西北师范学院中文系，文学学士。担任过甘肃省天水市市长、市委书记，兰州市市长，省长助理，甘肃省政协党组副书记、副主席等，第十、十一届全国人大代表。兼职中国城市发展研究会副理事长、中华伏羲文化研究会会长等。出版诗集《诗海拾滩》《张津梁书法作品选》等。

诗观：20世纪70年代末80年代初兴起的"校园诗歌"，是"文革"后一代青年学子对现实的反思，对光明和真理的期待追求，对诗歌艺术独特表现方式的创新实践，是新时期思想解放过程中的一段嘹亮哨音，是新中国当代文学史上浓墨重彩的一笔。

新西兰奥克兰

张津梁

火山坑硕大的冷漠对质苍天
奥克兰默默钟情曾经的热恋
南极冰雪厮守着凝固的世界
早霞初绽只拥有裸露的山尖
每次蹦极有扑往大地的悬念
敞开窗扉有咖啡滚烫的苦甜
红黄绿灯岁月被割成高速路
集装箱垛生活码成挡潮海湾
海水冲刷着孤岛隆起的岸边
黑色天鹅充当着逝去的纪念
人们不经意述说昨天的故事
一位诗人从未长大过的轮年
缓缓捡起圣诞树飘落的叶瓣
轻轻唤醒仍在迷恋的奥克兰

2015.5

注：奥克兰岛海边有中国诗人顾城居住并自杀的小屋。

周永福
Zhang Yongfu

周永福,1948年生于甘肃省兰州市,1982年毕业于西北师范学院中文系,先后当过工人、教师、编辑、干部等。2012年创作描写民国时期甘肃兰州的演义小说《碧血碑》。

核桃树礼赞

周永福

那年,你们远道而来,
根须上带着燕山的泥土,
枝叶上闪着汉江的露珠。
当听到大河的涛声,
便领悟了高原的静穆;
再看到水车的缠绵,
更体会出大西北的纯朴。
于是,你们抖落一路风尘,
停下了疲惫的脚步。

绽放的每一片新叶,
镌刻着绵延文脉的思路;
伸出的每一根虬枝,
承载着薪火相传的重负。
旱魃为虐,风雪如割,
铸就了铮铮风骨,
即使弹片在身边飞舞,

你们也未曾低下——

高昂的头颅!

你们伫立在文科楼前,

像两位勤奋的旁听生,

不舍昼夜,也无论寒暑。

老子孔子,李白杜甫,

春秋战国,秦皇汉武,

剩余价值,庄家散户,

哈姆莱特,百年孤独……

虽已耳熟能详,

依然百听不厌——

"岂知灌顶有醍醐"!

你们是一对过于羞涩的恋人,

相望百年,却从不相依。

至今仍不减少年般的情愫。

每当有俊男美女向一棵靠近,

另一棵便会借枝头的鸟儿——

嘀嘀咕咕。

月圆时,你们也会做美丽的梦:

核桃树下　｜　Under the walnut tree

或是成了比翼的黄鹂,
或是成了连根的翠竹。

你们的果实,
承袭了这片大地的朴素,
既没有桃李的芬芳,
又没有瓜果的艳丽,
但在粗砺的硬壳里,
藏着一颗神奇的大脑——
不懈追赶着5G的速度,
右半拉体验《春江花月夜》时,
左半拉尚能剖析《存在与虚无》。

巍峨的树冠,如云如雾,
为学子献上沉思遐想的清凉;
壮硕的树身,如椽如柱,
为教授撑起可供仰望的星空。
你们的形象,
珍藏在每个校友的心灵深处。
每当想起,
常常热泪盈目!

注:修改旧作,纪念西北师大120周年校庆。

高尚
Gao Shang

高尚，诗人，评论家。20世纪60年代生人。1983年毕业于西北师范学院汉语言文学专业。1983—1991年在阿克塞哈萨克族自治县工作。1989年结业于中国社科院文学研究所高修班"文化人类学与现当代文学"硕士专业。1991年调至甘肃省教育厅某报刊社工作。现居兰州。曾在《飞天》《人民文学》《诗刊》《星星》《诗神》《雨花》《青春》等文学期刊发表诗歌、随笔作品；并在《文学评论》《外国文学评论》《世界文学》《外国文学》《作品与争鸣》等刊发表有中国当代文学及现当代外国文学评论作品，出版有《博尔赫斯文集》《世上的桃花》等编、著作品。曾获"十年飞天诗歌奖""《世界文学》评论奖""黄河文学评论奖"等奖项。

诗观：诗不是语言。诗歌是用语言消除语言的艺术。

风吹过草原

高 尚

风吹过草原。风
就那么吹着

草在动。无边的草在风中
就那么动着

羊群似乎不动
但羊群
也被风吹着

　本该再述及帐篷、羊
油灯、酥油和奶茶。可我
的言辞也已在风中。

2005. 7. 9，兰州

曹昉

Cao Fang

曹昉，1979年考入甘肃师范大学政治系，1983年毕业。现定居澳大利亚悉尼市。曾创办中文报纸、参与多项当地华人文化活动。广播剧本《心的方向》《儿子的心事》《老移民的新顾虑》《在北京的金山上》等在澳大利亚民族广播电台（SBS）录制播出，并被收录入澳大利亚新洲作协出版的《人生插曲广播剧》《新洲作协文集》。

诗观：诗歌是诗人的权利，欣赏诗歌便是普罗大众的义务！

给B

曹 昉

我想告诉你
尽管,风
在你的眼睛里
擦亮了一块
装满太阳和星星的
天

而我
是鸽子洁白的翅膀
我只需要
没有荆棘的
蔚蓝
你说
蓝天广阔无垠
而翅膀
却不能永远停留
只怕是个永久的
一闪

冯湖
Feng Hu

冯湖，1979年9月入校，就读于政治系政治教育专业。曾任甘肃省委党校函授学院院长，甘肃省委党校副校长，甘肃省社科联党组书记、专职副主席，甘肃省委党校（甘肃行政学院）常务副校（院）长，甘肃省社科联兼职副主席，教授职称。现任甘肃省政协教科卫体委员会副主任（正厅长级），全国政协理论研究会理事，甘肃省政协理论研究会副会长，甘肃省委宣讲团成员，兰州理工大学思政课特聘教授。

诗观：诗是醒来的生活，生活是睡着的诗。

我的大学

冯　湖

一

高原之上你久久站立
像是方才竣工的一座丰碑

从太阳写下的影子里
我看到了已经不是昨天的自己
你说
　　影子像一个问号
　　人生是一道考题

我爱看浓云翻滚的天空
　　虽然压抑
　　但却有一种爆发的冲动
我爱听大海涨潮时威震天庭的涛声
　　虽然恐怖
　　但却是奔溃的精神

命运不是牵牛的缰绳

路是一颗心的延伸

当暴雨抽打我的梦想

当雷电箭穿我的心灵

我是打开手中的伞呢

  还是等待

   雨后天晴

二

你是爱的火山

神魂一般灿烂

  九色的岩浆

   冲毁了我平静的少年堤岸

你是乍起的台风

搅起我心海

  波浪翻卷

   今生注定有缘

   我站定你坚实的沙滩

核桃树下 | Under the walnut tree

尽管我吮吸着你的圣洁
  却不是你芬芳的桃李
尽管我啃食着你的光环
  却没有点亮自己的天

即使那样
我也要
对着天上的流云
大声呼喊
  我的爱
  是锚在你身边的
  十万大山

      1982.4.26.

武砺兴

Wu Lixing

武砺兴,笔名龙驿,诗人、学者。原籍甘肃会宁,1962年10月生于甘肃肃北。1983年7月毕业于西北师范学院中文系,获文学学士学位。曾在酒泉教育学院任教,后调入兰州城市学院文学院任教。出版学术专著《中国西部文化精神论稿》《周易通议》;发表文学作品多篇,出版诗集《染卷·抽思·庙例——龙驿诗草》(上中下三部)。

诗观:我的写作,我直接把它看作是某一种特殊的革命或反叛的文物。因为,蔑视一切物质或谣传一切精神的自性的属性,使之最终成为一场对于存在世界的特殊的谩骂。

有一株兰草的叶子
却全是用红线双钩的

武砺兴

我想让变形和隔离,只从另一个系统出发。
因为,我从来都不清楚文字自身词义的
演变过程,那么,我还怎么写作呢? 而
创造者自己,他最多也只是某种特殊
场景的关照者或别有用心的参与者,但
最终却都将出离,从而也最终只陷入
在自己的单一体生命属性的存在之中。
对此,我几乎没有一丁点意识上的摇动。
不知道其他的植物或动物有无这种特殊
的变迁或上升的趋势,但我却深感毫无
一点另外的意味或气味,却只把关注的焦点
聚集在另外一个侧面。其中也没有
只属于人的矫情或故意造作之意,而却
特有一种疑似极端写实主义的超现实
主义的意致,直至将自己放弃或解散为
止,否则,也似乎不是那种善罢甘休的

主。然后,我检查自己什么都不具有。
明确的反映论不属于自己,而清醒的认
识论却又是一次接踵而来的沉睡。也许,
用热水洗脚的效果,这使我比较本能地
想起两个相反相成的人。在睡前比什么都要好。

薛庆余
Xue Qingyu

薛庆余,甘肃陇西人,祖籍陕西华阴。1983年西北师范学院汉语言文学专业毕业,甘肃省作协会员,诗刊《我们》初创期成员,著有诗文集《埙音·呼吸——薛庆余诗文集》。

诗观:还得说声感谢诗歌,赋生命以色彩,值了。渐行渐远不是背离,有可能是一次真正的接近。如今醉心于史前及其他,在那一般人无法想象的博大里,我发现了大诗——尽管有些晚。写与不写是不重要的。

沿着一片有纹饰的陶片

薛庆余

沿着一片有纹饰的陶片

我将迷失在什么地方

它的鸟向着太阳飞翔

它的鱼拥有无边的汪洋

它的蛙炽热如火的歌唱

地穴的昏暗中

一枚骨针闪亮

我握着石斧

石斧斧斫着枝枝蔓蔓的火光

沿着一片有纹饰的陶片

拾起一片片时光

和他们一样

我兽性的体内

涌动起一丝安详

于跃进
Yu Yuejin

于跃进,笔名于跃,军旅诗人。1958年出生于陕西省咸阳市兴平市,1978年入伍来到甘肃省张掖市,1979年考入甘肃师范大学政治系,1983年毕业。毕业后任职于解放军西安政治学院,后调至人民解放军国防大学政治学院。曾在《诗刊》《解放军文艺》《解放军报》等报刊发表诗作和文学作品,1983年获《飞天》大学生诗苑创作奖,诗作入选多部全国大学生诗选,编导的《延安颂》诗歌朗诵会参加第四届"中国诗歌节"会演,摄制多部电视片在中央电视台播出,有若干论文见诸军内外报刊。

诗观:诗人为万物命名。万物自有其物相,也有其美象。对诗人来说,找到了一物之美象,等于为美写下了新的定义。

大风

于跃进

无风的日子
他不能忍受
他渴望
大风

他时常夜里一个人爬上山冈
倾听四野
等待风神的到来
他已在白天等待了多日
甚至在梦中等了很久
他攒了一肚子无人愿听的话
他要同大风高声交谈
他要面对面站着
把自己全部交给大风

他灵魂的毛孔已全部张开

核桃树下 | Under the walnut tree

他的身心渴望大风的抚慰

听到风神的狂语

如果大风带来了暴雨

那就让暴雨淋个彻底

他想让自己像一面旗帜那样展开

哪怕大风把他撕碎

更多的时候

他希望自己能够成为大风

呼唤那些同样等待的心灵

同风中的叶子一起舞动

永久积雪的山峰默然伫立

它们高贵的前额只有风神才配亲吻

马群在寂静中一动不动

大风才能点燃他们狂奔的烈性

他看见树木和小草都竖起了耳朵

一面面旗帜沮丧地垂着

他们天生属于风

没有风

他们就成了枯萎的叶子

只有大风能君临一切气吞一切调动一切

让他们在大风中歌大风中舞大风中扬

在大风中获得另外一种生命

在他居住的城市

已久久被烟尘和雾霾笼罩

围墙和楼群阻挡了大风的来临

窗户与窗户越来越近

玻璃后的眼珠陷得越来越深

电视台电台预报大风来临却没来

火车倒是从远方准时驶进

带来的却是喧嚣和拥挤

诗人们烦躁不安目光僵硬

孩子们只能在梦中放飞风筝

广场中心的雕像也已落满灰尘

大风,大风,只有大风

才能将这一扫而尽

让他居住的城市尽情呼吸

让风的交响充满天地

这是秋天

这是大风到来的季节

整个世界都在等待大风

他知道

大风一定会到来

梁枢

Liang Shu

梁枢，1983年毕业于西北师范学院中文系。之后于定西师专中文系工作至2016年退休。教授职称。原中文系系主任。市级优秀教师。甘肃省书法家协会会员。著有《中外名篇佳作选辑评点》。

诗观：开花开心开宇宙。

晒太阳

梁 枢

秋天,晒太阳的人
觉得自己很亮

他看了看太阳
觉得,太阳,也在晒太阳

秋天,晒太阳的人,觉得
自己越来越幸福

秋天,晒太阳的人,就在他的世界上
晒着太阳的太阳

张子选

Zhang Zixuan

张子选，诗人、编剧。1979—1983年在西北师范学院教育系就读。著有《执命向西》等多部诗文集。现居北京，系《中国汉字听写大会》《中国成语大会》《见字如面》等文化综艺主创编剧或总编剧。

诗观：自小在毗邻甘川两省藏区的陇南长大，后于甘青新交界的哈萨克族聚居区生活数载，再后来或为拍摄纪录片，或单纯只是游历，几次前往西藏，故而我一直以来的行吟走笔，大都未曾远离青藏高原及其周边地区，也始终保有着自身阅历与文字作品彼此关照的互证特质。具体说来，以注重片段叙事，承载和触发抒情性，以尽可能朗朗上口的韵律结构，重组语词逻辑，创设偶发式关联，制造新奇的意外与极致体验，再通过时而掏心扒肺般的迫促语感，时而天南地北式的漫谈语态，对亲见之物、所历之事，尤其是在无常世事中晦明不定的肉身命运，给出关涉前世今生、因果失序的意蕴解读，并不断试探真率生动、易于感知、更可共情的诗意表达，这或许就是我练笔经年的意义所在了。

抱歉帖

张子选

抱歉,这路走着走着便渐入了秋天
抱歉,这马骑着骑着就错过了永远

风吹如常,阳光打脸。我对
部分的遇见和所有的未遇,感到抱歉

鹤唳一席,客旅三千。我也为全部的
过目不忘和偶然的泪流满面,感到抱歉

合该叩问大金瓦寺的空行度母:这世界
究竟谁和什么,最该与我邂逅于途

即便藏戏团的德吉心大腰小,美若一场福报
也没能影响到时间蹿高半截,岁月萎顿成片

我想我是累了,就想勒马悄立片刻
为此,我对大夏河沿岸还在埋头

收割青稞的人们，感到抱歉

也对我上小学时，一个始终认为
我将来必会特有出息的同桌女生
怎么讲呢，就只感到抱歉

你看，过去盘桓未去，将来大部已来
并且还都驱赶着成群结队的日子
周而复始地过河上山。我很抱歉

我甚至想说：人间，我很抱歉
远方有谁正替众生受累、抱病和诵经

而我竟还端坐于马背之上，怅望了很久的
远山近水，以及闲云长天

就如我的马儿，没准它也会对自己
今天啃食过的桑科草原，以及灵魂南麓
一小块青黄相接的秋天

深感地深感地，感到抱歉

2020年12月8日至17日，改定于北京

周 舟
Zhou Zhou

周舟,本名周培烈,1979年9月考入甘肃师范大学中文系学习,于1983年7月毕业。主要作品有系列组诗《渭南旧事》,诗集《正午没有风》,甘肃省文学院荣誉作家。现供职于天水市教育局。

诗观:用清晰的语言,揭示事物存在的隐秘之境,并赋予它秩序和意态。

夏日

周 舟

没有风,但窗外的树木在动
并不见阳光,但枝叶间的果子在成熟

鸟叫声还没醒来
树木的浓荫还没醒来

不是窗玻璃会让众多面孔隐身
是抬起头,大树之巅喧嚣的夏天就特别清晰

回过头的时候,一个人绕过旧文科楼
两个人走进了楼房后面树木的浓荫

朱继君

Zhu Jijun

朱继君，1962年生，1983年毕业于西北师范学院中文系。曾任甘肃省人民政府外事办公室党组成员、副主任，一级巡视员。现任甘肃省民间组织国际交流促进会会长、中国中亚友好协会常务理事、甘肃省社会科学院特约研究员。

诗观：莫让真情流失在人心的沙漠里。敬畏诗歌，走进诗歌，抒写真情，这是诗人的责任。怀念过去，并非失望未来。中国诗歌，愿辉煌再现！

伞

朱继君

你有一顶移动的
不流泪的天空
我却只好在雨地里
让冰凉灌注我的心
你似乎看出了我盼望的心思
毅然收起那撑出的晴空
出于春笋一样蹦出的暗示
我们一前一后
默默地忘了雨淋

第环宁

Di Huanning

第环宁,笔名第未垦,男,1962年12月生人,籍贯甘肃宁县。1980年9月至1984年7月就读于西北师范学院中文系,"我们"诗社的成员。现为西北民族大学中国语言文学部教授,西北民族大学学报编辑部总编辑、汉文哲学社会科学版主编。发表诗歌百余首,曾获甘肃省首届"文学期刊联合评奖优秀作品奖";发表学术论文50余篇,出版《中国古代文学理论专题研究——气势论》等学术专著3部、编著4部,曾获甘肃省"优秀教学成果二等奖"、甘肃省高校"哲学社会科学优秀成果三等奖"、甘肃省第八次"社会科学优秀成果二等奖"等多种奖励。

诗观:诗由"我"而生,又引"我"向着一切时空。

我的满头秀发

第环宁

今夜,借着月亮的光芒
惊异地发现我的满头秀发
我的长满头颅的十万根秀发
它,它不知到哪里去了

我的满头秀发
如漫山烟草如堤岸青柳
如缨如长鞭如旗帜
披星戴月栉风沐雨
随我的头颅世间飞舞

我的满头秀发
汲之天地受于父母
它是母亲哺吐而出的金子般的丝
十万根金丝
我的十万条生命

我的满头秀发

你到哪里去了

我拈弄落花拍击流水逐日奔月

还是不知你的去向

回来吧，我的秀发

我的十万根秀发

你再随我的头颅飞舞

抑或索性你来挥舞我的头颅

我们一同

戴月披星沐雨栉风

黎志强

Li Zhiqiang

黎志强，笔名大黎，1984年毕业于西北师范学院中文系，中共党员、教授、硕士生导师，现任政协甘肃省委员会文化文史资料和学习委员会副主任。长期从事教育工作，曾任甘肃省教育厅办公室主任、兰州理工大学党委副书记、马克思主义学院院长，河西学院党委书记、马克思主义学院院长，主持过国家社科基金和多项省级科研项目，获得省社科奖、教学成果奖多项。著有《花雨风》《幸福其实很简单》《中国人的品格》《一种姿势》等诗歌、散文、杂文集。

诗观：美好的文字是真情的真心书写。

感恩旧岁

黎志强

风去了
甚至看不到她的背影
无声无息
但她来时的温柔
依然抚摸着我的心灵

月隐了
不知去了哪里
或许在一座高山之后
可她夜晚的澄明
依旧照映着我的路程

鸟散了
鼓动轻灵的翅羽
寻觅春暖花开的新梦
但我相信

树必将默然站立

伸展坚韧

托举那爱的天空

岁去了

我们无法再次追寻

她所遗留的

无论是甜 无论是苦

甚至

一把新鲜的生菜

一顿丰盛的早餐

必将会伴我前行一生

而我 依然会歌吟

在月夜

默默祈祷

为所有曾经的和未来的

美丽

老盖
Lao Gai

老盖，本名王怀钦，1964年生于河北正定，1980—1985年在西北师范学院中文系学习，中间曾因病休学一年。现在甘肃省文史研究馆工作。

诗观：内在的我，用分行的文字呼吸。

那朵花落

老 盖

他们唱得很假,这不像你。
在外边越来越寒冷的时间里,你还是站得很直,
以至于让自己瞬间折断。

你砰的一声掉在地上,
垂直的坠落,甚至没有一点优雅,没有
我期望的婉约和优美。
你溅落的液体被今晚的霜冻结。

而距离你的位置三尺,我在听歌。
隔着墙壁和玻璃,我居然听到你跌落和死去的声音。
是。和节气的转机和植物的死亡相比,
他们唱得很假。

2017. 9. 21,兰州

史卫东

Shi Weidong

史卫东,笔名史前,曾用名杞伯,甘肃清水人。1980—1984年在西北师范学院历史系学习。甘肃省作家协会会员,陇西县作家协会主席。第三届"路遥青年文学奖"获得者,《飞天》"陇南春杯"诗歌奖得主。出版诗文集《浪迹在你的地层上》《折柳》《落梅》等。

诗观:据说每年正月十五,僧人们都要制作酥油花供佛。为了不使柔软的塑材因体温融化变形,制作者不得不一次次将手伸进冰水,在刺骨的疼痛和麻木里将灵感固定下来。于是形态各异的花鸟鱼虫在塔尔寺庙宇群璀璨的烛火中盛大开放;紧接着,幻觉里的灵山胜境在游人的瞻视和惊呼中消释于无形。诗的优昙钵亦复如此。

兰亭

史卫东

由于山里藏着很好的风月,童仆一路赏玩,
竟将一张春天的请柬,于夏日的某个黄昏送达。

童子说,为了一路上的佳山秀水,我们出发吧。
于是带上书和钓竿,趁着黑夜上船。

峰壑幽奇,草木葱茏。
鹤唳于天,鱼跃于渊。

与其说是赴会,不如说是毫无目标的漫游。
只见视野青了又红,红了又白。

为了皴染石头的硬度,
在溪涧住了半月茅棚。

为了点画菊花的颜色,

核桃树下 | Under the walnut tree

在山垭挨了十八日霜露。

云雾开合,难于构思,
烟霞明灭,易于捕捉。

亿万斯年的喧阗,凝练成飞瀑,
亿万斯年的阒寂,堆叠成孤松。

据说会稽山阴,
有一座兰亭。

却既没有琴,也没有酒,
只有前人留下的足迹;

被一场大雪掩埋。
是不是来晚了呢?那人沉吟。

除了以地为纸,以人为笔,
抒写得自于天的性灵,
还能有什么作为呢?

除了以迷为墨,以悟为字,
表达得自于心的感受,
还能有什么功业呢?

童子看见,那人在纷飞的花瓣中披发长啸,
在淋漓水汽里漫漶。

一眨眼,又一番晴明。
另一些生命在造作世事。

漆进茂

Qi Jinmao

漆进茂，笔名黑子，西北师范学院中文系85届毕业生，曾服务于校诗歌学会及会刊《我们》。现供职于甘肃省酒泉市酒泉日报社，从事新闻工作多年，原任《酒泉日报》副总编辑，酒泉市作协副主席。诗作散见于《飞天》"大学生诗苑"、《诗歌报》、《诗神》、《绿风》等，亦有少量报告文学及文学评论等。

诗观：这是一处隐秘情绪的存放地，在高处！我寻常生活在低地，偶尔爬上去坐坐，间或四下望望，再下来……诗歌之于我，大抵如此。

西方高地：敦煌

漆进茂

一

数不清的黑色驿路　和头颅
像水流高举的花朵和歌唱
迤逦而来　朝向西方
这些为杂粮和奶液养大的孩子
满披日月之芒的羔羊
被一束五彩丝线串起
又一次　背离安身立命的家园
朝向西方　广大蔚蓝的盛典
把全部的心事向你交付
悄悄说：这是敦煌！

沿着一支白草的末梢
跨过金葵的篱墙　进入空灵
进入储满精神之水的殿堂

镜中的容颜徒增沧桑

二

在向西路上滋生的愿望

在最美最软弱的坡面　留住的疾病

让亲人的信心担起经世的考验

那飘逸的白驹　鬃毛遮盖了视野

指引梦的途程向西方伸展

百万民众倾心景仰的心境

是与狼群厮杀　与同胞火并

亦能放下屠刀　点亮心头的烛光

这是敦煌!

脱去遍体创痕

像婴儿脱去胞衣

回到莲花的心脏

捧住的大河　运来万卷经书

此刻　彼岸一片笑意朦胧

自然的心境缭绕祥和的清云

归去! 归去!

源于这种天大的恩情

回身就是金光流渡的谷场

简单的劳作　亦能养大身后子孙

善男信女　这堆城市的花瓣

被生活打点得如此美艳　动人

三

漂过黑水

爬上高岸

变作洁白的羔羊

一万次重复是一万种不同的幻象

这是废墟中站起的敦煌!

在画廊与藻井装饰的天空下

响彻历久不衰的呼唤

五种乐器　横挂空际

白马　在塔影中逝去

光芒　在石窟中关闭

悄悄说:

父母妻儿已远

核桃树下 | Under the walnut tree

家园转眼不见

满眼是莲叶编织的歌唱和谣传

前生后世　虚妄的景象

脆弱得难以扶起

敦煌! 你通天的栏杆

撑开辽远的帐篷　白色帐篷

系住琉璃之灯

诸佛的骸骨　神光通达

放牧着安详的羊群　踏碎一地夜露

敦煌, 站在一片黑色的裸岩之上!

尚可新

Shang Kexin

尚可新，1963年1月生。1985年毕业于西北师范学院中文系，在校期间曾任诗歌学会会长。1985年至2002年在甘肃省白银市政府办任秘书、秘书科长、办公室副主任，2002年至2006年任市政府副秘书长，2006年至2014年任市政府法制办主任，2014年辞去实职，2015年办理退休手续。

诗观：自娱自乐。

核桃树下 | Under the walnut tree

戈壁，我的戈壁

尚可新

鹅卵石和沙丘
骆驼刺和红柳
漫不经心地装点了你
装点了戈壁人的日子
粗犷的背脊
红黑的手指
托起你
托起视野里起伏的雪峰
从丝绸织出的边塞诗里
走来
走向一本本书
走向久违了的
大雁的鸣啼

在每个早晨和黄昏
勒勒车破损的歌喉

拉着女人的目光和祝愿

响去又响回

炊烟

像一条仙带

把一代又一代人

紧紧地连系在一起

就这样,他们

把希望挂在驼颈上

让它摇响一个又一个世纪

摇出古长城

摇出莫高窟

摇出大戈壁闪光的

历史

可是。大戈壁

千百年了

你却这样贫穷

穷得连流云都不肯光顾

你有什么资格

骑在骆驼背上

炫耀你黧褐的形象?

用盐碱去占领

老牛拉出的犁迹?

让"飞天"优美的舞姿

遮去芨芨草的抖颤与孤寂?

大戈壁

春天正向你走来

在雄鸡啼醒的土地上

人们的笑声

像花一样悄悄生长

开放

该布置一个新的春天了

在每一条石缝里

在每一个心里

紫荆

Zi Jing

紫荆，本名王世勇，甘肃会宁人。1985年毕业于西北师范学院中文系。1984年发表诗作，作品散见于《飞天》《星星诗刊》《诗歌月刊》《诗潮》《青海湖》《北方作家》《拉萨河》《中华辞赋》等。诗作收入《甘肃的诗》《飞天·五年精华卷》《飞天·六十年典藏本》《陇中青年诗选》等选本。现任甘肃中医药大学（定西教学区）及定西师专副教授，甘肃作协会员。

诗观： 我觉得诗人应该是一个谈话者，这是因为我真正意义上的作诗是从一个类似于谈话的题目开始的。用谈话的言说方式，更多的题材可以处理成自述和独白，以此凸显创作主体自身的天赋和血性。

核桃树下 | Under the walnut tree

自述或者独白

紫 荆

我最大的愿望是
坐在客厅里，听帕瓦罗蒂
当着我的面唱意大利歌剧；
看杨丽萍跳水蛇族舞蹈。

我最大的愿望是
成为子贡和子路的同学
十年寒窗，三千六百个日子
天天见到教父仲尼。

我最大的愿望是
聆听海子朗诵诗歌
"亚洲铜，亚洲铜。"
（当代骑士做梦的上乘材料。）

我最大的愿望是
和屈原进行一场

秘密的谈话。

我问:"你为什么痴迷鲜花香草,
你的诗中为何不担忧月亮。"
屈原说:
"鲜花生在容易被污染的土地上;
容易被粗俗的手撷取;
容易被谄谀者献给昏君奸臣。"

"而没有谁能亵渎月亮,
她是无人侵略的皎洁国土。"

我最大的愿望是
目睹二十岁的邻家姑娘貂蝉
在暮春的一次,
流水落花式的梳妆打扮。

她是我家乡的无上贡品
献给独裁者的稀世媚药。

"美……不可言说。"

阿信
A Xin

阿信，本名牟吉信，出生于1964年，甘肃临洮人。1986年毕业于西北师范学院历史系历史学专业，长期在甘南藏族自治州工作、生活。著有《阿信的诗》《草地诗篇》《那些年，在桑多河边》《惊喜记》《裸原》等多部诗集。曾获徐志摩诗歌奖、昌耀诗歌奖、《诗刊》陈子昂年度诗人奖、十二背后·梅尔诗歌奖年度诗人奖等奖项。

诗观：我坚持一种朝向"神性"的写作，除了我个人生活和写作环境的原因之外，并不是主张诗人对于物质生活的疏离，而是基于一种这样自觉：当代社会是一个物质符号丰盈而过剩的时代，诗人们应防止由于过度聚焦于"生活"多彩的纹理，而被细节淹没，变成对物质符号的"把玩"，并由此失去对时代的整体感的把握。

心经

阿 信

这一部河流的成长史,我们来读读。
或者,在星辰的微光下,收束气息,披霜而坐。
只我和你,在大地上勉力修持。

点灯
星辰寂灭的高原——

一座山坳里黑魆魆的羊圈
一只泊在大河古渡口的敝旧船屋
一扇开凿在寺院背后崖壁上密修者的窗户
一顶山谷底部朝圣者的帐篷……

需要一只拈着轻烟的手,把它们
一一点亮

桑子
Sang Zi

桑子,本名张筱兑,又名小兑,甘肃静宁人。1982年入西北师范学院历史系学习。1986年至今,在甘南草原教书谋饭。诗作入选1987-1988年度《青年诗选》《1989年全国诗歌报刊集萃》等选本。1996年后,以研究宋代文官集团自娱,2011年10月,中国社会科学出版社出版《宋代文官集团研究》一书。桑子的诗歌充满了对尘世的热爱与关怀,他的诗歌着情细腻,文笔精炼,情感充沛,是中国诗坛少有的"草原诗人"。2012年7月,《桑子诗选》一书由中国电影出版社出版。

诗观:我要行善,焚香以求你的身心真实。

秋歌·第三十六曲

桑 子

隐隐约约的晨光消殒着

在东方,红冠转过身来

迅捷飞快地走着

在穿过洼地的沼泽时

显得有些踌躇

哲合玛破烂的房屋一片湿透

窗口的微光

也被深锁在水雾中

只有红冠冷洌的火焰

在向村庄逼近,强而有力

浩浩的光芒

又深入到了千家万户

四边的篱笆十分粗糙

他们的手指却钢铁一样坚硬

紧紧地守护着幻梦的谷口

让这些魂灵安静地躺在这里

核桃树下 | Under the walnut tree

冷漠、忧郁而又永生

委顿的青苔锈满了台阶

我想投入这坟墓

可是这坟墓何其太浅

盛不下我半袖的情迷色恋

向前看,前边的世界烟雾迷蒙

遗生的物种生动显明

外壳早已破裂,内核遗弃腐壤

赤裸的身子沾满了泥土

呀,谁能摆脱自己的束缚

它们还要在脚下扎根

重制一副世俗共同的壳衣

红冠继续向前延伸着

接着一片光明

光明就高挂在凌乱的屋顶

同时又把草原与村庄分开了

哲合玛显得如此老迈

伸着懒腰,睁开了呆滞的眼睛

却在带着露水的光辉中

握紧了马鞭,黑夜已经过去了

黎明也已经来临

雪潇

Xue Xiao

雪潇，本名薛世昌。1965年生于甘肃秦安。1982年9月考入西北师范学院中文系学习，1986年7月毕业。现为天水师范学院文史学院教授、甘肃省文学院荣誉作家、中国写作学会会员。著有学术专著《中国现代诗歌内形式研究》等10多部。

诗观：诗歌写作的最高境界就是"立地成佛"。所谓"立地成佛"，说土了是"就地取材"，说洋了就是"在场"。此法抵抗的就是好高骛远、不切实际的"空降"式的"隔式"写作，引导的即是目及当下、视及当场、格物至诗的"贴式"写作。但此法却是非高手莫能为，一如撒豆成兵、点石成金，高手的随意与随手中自成另一种高远——意趣的高远。

西北师大旧文科楼前的那棵核桃树

雪 潇

旧文科楼。期末
走出古代汉语的考场
我的个脸,皱得像颗繁体字

核桃树下,和张文举胡咥了两句
又和彭海林胡咥了两句,我的心情
慢慢地简化起来

还是期末,考罢诗词格律
我从文科楼往下走,两条腿
对仗极不工稳,脚步乱得无法拗救

核桃树下,陈桂林的脸皱得像颗核桃
我对好学生孙京荣说:借你的课堂笔记
现在还给你吧——而且,谢谢谢谢!

雨眠
Yu Mian

雨眠,本名王元忠,1982年9月考入西北师范学院中文系学习,1986年7月毕业。高校教师,居天水。

诗观:通过日常的遭遇镜像自己,回归生命的内经验,建构可能的意义现场,享受语言建筑的快感。

夜雨

雨 眠

我不断醒来,因为窗台上,玻璃上
雨,不断发出声响
雨滴们有着固执的请求:卑微,易碎
在房子之外,梦境之外
我知道有人哭,她们的眼泪无处收留
仿佛是谁正讲着故事,流淌之夜
无数花瓣仰着脸,细细感觉
这个春天经过的脚步
宛若夜有多黑,灯就有多明艳
花朵们被一块一块的雨声擦拭着
天还未亮,雨依旧下着
我提前透支了那两句古诗
"小楼一夜听春雨,明朝深巷卖杏花"

独
化

Du Hua

独化,本名张世明,生于1966年,甘肃静宁人。1988年西北师范大学中文系毕业,同年被分配至平凉一中任教至今。作品见诸全国各类报刊,如《散文》《诗刊》等。2015年3月诗文集《沉香》由长江文艺出版社正式出版发行。曾荣获甘肃省黄河文学奖,平凉市崆峒文艺奖。曾被评为"省级骨干教师""市级优秀教师"。

诗观:诗歌是一杯酒,一克镭,一粒舍利子。

我是荷

独 化

为什么? 我来到了这里,
这儿是永恒的黑暗啊。
我是荷。凭此一念,
我从这荒凉的世界上站立起来了。

王钟逵
Wang Zhongkui

王钟逵,1984年9月入读西北师范学院中文系,1988年7月毕业,文学学士学位。供职于甘肃省人大常委会《人大研究》杂志,副编审,编辑部主任。

4月20日午后景象

王钟逵

风呼呼地穿进声音：忽远忽近

而沙尘在声音上面飘浮：忽昏忽黄

在这个叫问题春天的午后

我和我的文字静静躲在屋里

我们都不敢推开窗户

对着春天大声说话

说了也没有谁听见

我们自己说吧：彼此倾诉和倾听

这一刻，我看见天空都迷失了

太阳也迷失了

不知道躲在了哪里

我们一定不能迷失

要坚守我们内心的方向

我们是伙伴

历来只在一起行走:

我迷失了,你也就迷失了

你迷失了,我也一样

郭雪林

Guo Xuelin

郭雪林,1963年生,1988年毕业于西北师范大学中文系,曾任张掖市职教中心教务科长。现任张掖职中校长。

诗观:一滴浊泪沿着皱纹如岁月般流淌。

老人与蝶

郭雪林

紫色流云掠去最后一缕鲜亮

老人沉浸在草虫的低吟浅唱里

以平淡纯美的方式

细数人生所有的兴奋与不济

佝偻着脊梁挺起一片江山

承载蚊蜉一世的苍凉

白发穿越时空的浩渺

在夕阳的故乡飘飞妖娆

站在屈子额头念叨着《离骚》

张着没牙的嘴呵呵地笑

一滴浊泪沿着皱纹如岁月般流淌

捧着灵与魂吟一句《登高》

飞雪和阴霾在东升西落的轮回里湮没

核桃树下 | Under the walnut tree

已逝的沧桑刻写出生命的年轮

梦一个破茧成蝶的美丽永恒

选一个飞花的日子涅槃重生

马 丁

Ma Ding

马丁，生于1965年，诗人。原籍甘肃通渭，现居北京，供职于北京信息科技大学发展战略与规划处。1984年考入西北师范学院中文系，1988年毕业。在《光明日报》《诗刊》《天涯》《青海湖》《敦煌》等报刊发表文学作品若干，并有随笔集《365个碎片》出版。

诗观：诗像盐和钙，决定了生活的味道和生命的强度。无论如何，都要庆幸此生遇到了诗歌。

养马

马 丁

许多人转行

出海或者出山了

世界确实很大

但他有恐高症

依赖大地的安详

他以养马为生

每天都是老套路

都是老样子

没有任何意外

刷马的间隙

他可能还会劈柴

挑水和擦地

还会干些其他杂活

不过他更喜欢

清理马厩

铲净马粪

把草料添进木槽

累了的时候

靠着围栏

听马的喷嚏

听马咀嚼的声音

看马的形象

他喜欢遥望

马在黄昏的河边驰骋

如同云朵下凡

为此他深感惬意

满足和喜悦

有人告诉他

骑兵团解散

骑手又老又胖

马车进了博物馆

养马没有出路

但他并不担心

他生来养马

养了一辈子

即使那是一个错误

又能怎样

核桃树下 | Under the walnut tree

他终生养马

只会养马

他跟马走了很远

现在没必要更正

也不可能重新开始

如果有一天

无马可养

或者无力养马

他敢肯定

那就是终点了

2019.3.27

唐欣
Tang Xin

唐欣,1962年生于陕西,1984—1988年就读于西北师范学院中文系。1991年毕业于陕西师范大学政教系,获法学硕士学位,2004年毕业于兰州大学文学院,获文学博士学位,现在北京石油化工学院任教。出版专著《从文化到文本》《说话的诗歌》《幻象与真实》《认领与重构》等6部,编著《有个地方你从未去过》等诗文集4部,出版诗集《晚点的列车》《母亲和雪》等6部。

诗观:写自己的诗、当代的诗、诚实的诗、朴素的诗。

核桃树下 | Under the walnut tree

核桃树下的年轻人

唐 欣

我记得那两棵树　但当时并不
知道是核桃树　也根本不关心
虽然常在她的荫凉下　发呆和聊天
那会儿我惦记的是　阅览室刚到的
新杂志 礼堂上映的电影　睡前翻的
外国小说 还有小李的辫子　为什么
要梳向一旁 其他的女同学　请恕我
不便点名 至于老师和功课　惭愧
真的很少操心　当然　不该忘的　现在
也还没忘 我不理发　晚餐多半就是
馒头玉米糊　加上一点榨菜和花生米
好像也就行了　心里装着诗歌　身旁
总有朋友　但也时常觉得　北方来的
风挺硬的　有时候穿过树林来到岸边
看着黄河滚滚流去　陷入迷惘　唉
偌大的中国　广大的世界　直到此刻
我也没找到　哪里是我自己的远方

　　　　　　　　　2021.11

叶 舟
Ye Zhou

叶舟，诗人，小说家，现任第十三届全国政协委员，中宣部全国文化名家暨"四个一批"人才，中国作家协会全委会委员，甘肃省作家协会主席，甘肃省拔尖领军人才，一级文学创作。著有《敦煌本纪》《大敦煌》《边疆诗》《叶舟诗选》《敦煌诗经》《引舟如叶》《丝绸之路》《自己的心经》《月光照耀甘肃省》《漫山遍野的今天》《漫唱》《西北纪》《叶舟小说》《我的帐篷里有平安》《第八个是铜像》《秦尼巴克》《兄弟我》《诗般若》《所有的上帝长羽毛》《汝今能持否》等诗文集。

作品曾获第六届鲁迅文学奖、《人民文学》小说奖、《人民文学》年度诗人奖、《十月》文学奖、《钟山》文学奖等。《敦煌本纪》获第十届茅盾文学提名作品、第四届施耐庵文学奖、第五届中国政府出版奖提名奖等。

诗观：重新发现边疆。

核桃树下 | Under the walnut tree

怀想

叶 舟

那时候　月亮还朴素　像一块
古老的银子　不吭不响　静待黄昏

那时候的野兽　还有牙齿　微小的
暴力　只用于守住疆土　丰衣足食

那时候　天空麇集了凤凰和鲲鹏
让书生们泪流不止　写光了世上的纸

那时候的大地　只长一种香草
名曰君子　有的人入史　有的凋零

那时候　铁马秋风　河西一带的
炊烟饱满　仿如一匹广阔的丝绸

那时候的汉家宫阙　少年刘彻

白衣胜雪　刚刚打开了一卷羊皮地图

那时候　黄河安澜　却也白发三千
一匹伺伏的鲸鱼　用脊梁拱起了祁连

那时候还有关公与秦琼　亦有忠义
和然诺　事了拂衣去　一般不露痕迹

那时候　没有磨石　刀子一直闪光
拳头上可站人　胳膊上能跑马

那时候的路不长　足够走完一生
谁摸见了地平线　谁就在春天称王

邱兴玉

Qiu Xinyu

邱兴玉,甘肃民勤人,1989年毕业于西北师范大学中文系,曾任校诗歌学会会长。发表诗歌、散文、评论等百余篇(首)。现为武威一中教师。

诗观:我与旧日景致挥手道别,走向任意一个有火的地方。

陨石

邱兴玉

从这一片到另一片
我要说的话碎裂了
在时间鲜艳的流水里
我如同一张被胡乱涂抹的标语
只剩下纸的颜色

这样挺好更朴素因而更真实
我曾经附着过的那些地方
已全然不见年月的伤痕
我宁愿静卧于时间的水流
让一枝柔嫩的草缠绕我
任日月之光凌空照耀

不变的总是永动的
世界更容易改变痴迷执着
柔柔的水草让人硬不起心肠

核桃树下 | Under the walnut tree

细雨拂面留下它最后的亲吻

真实只在心灵与心灵之间

此情可待

风暴将至

我与旧日景致挥手道别

走向任意一个有火的地方

那里将留下我对自身的解释

从这片到另一片

我要说的话消失了

西棣
Xi Di

西棣,本名刘选,1985年入西北师范学院政治系就读,1989年毕业。诗人,高校教师,现居兰州。著有诗集《与落日一起退场》《从你的舌尖醒来》。

诗观:诗是世界隐秘的信息,神秘是诗和世界内在的支点,诗人的天职是开拓语言的边疆,直视地狱,并勇敢地向着神性充沛丰饶之源泉的递归,是谓还乡。

一封写给秋天的信

西 棣

已过八月，我们
还未建立
秋日之极

霜已落满屋顶
头上的云
不再肥大

推开窗，河面空了
它的摇滚
已经停止

我用一生读过的书
下过的雪
全都落入冬天

想念，没有地址

中国的河流已寄往大海之外

不再有任何回声

高 潜
Gao Qian

高潜,1966年生于甘肃静宁,1989年毕业于西北师范大学中文系,现在《酒钢日报》社工作。1990年以来,在各种报刊发表小说、散文、诗歌和评论多篇。

诗观:写作这种事,属于多做少说,或者只做不说的活儿,因为所有的话都在作品中,你想说的变成了文字。

在秋天里我毫无睡意

高 潜

远方的汽笛
充满睡意
秋声在大树的呼吸里
此起彼伏
我毫无睡意
想着古老的故事
结局却遥遥无期
此刻星光微弱得
如同心跳
多少日子
我怀念春天
像抚摸圣哲的头颅
使我的每一个手指
都充满智慧
想到我的手之所指
终究会有琴声

核桃树下 | Under the walnut tree

雪片一般飞来

我便毫无睡意

整个秋天我毫无睡意

欣梓
Xin Zi

欣梓，本名白建平，教师，1985年9月考入于西北师范学院中文系学习，1989年7月毕业，现居天水。

诗观：诗不是祭品，但必须恭敬，诗是行囊，里面装有一个人行走时的姿势和他的呼吸。

核桃树下 | Under the walnut tree

不要对我说起那棵核桃树

欣 梓

水塔是月光的建筑模式
旧文科楼上的灯光
和灯光下阅读的身子
在模仿

从宿舍区到东门
一个人携青春走
像个秘密
一群人走
像是秘密被说出来

核桃树仿佛总是在落叶子
一扇旧玻璃窗
总会把一小块星空
落在做梦者的睡眠上
有时会留在
一个失眠少年的眼睛里

张晨

Zhang Chen

张晨,祖籍湖南常德,1965年生于兰州。1986年考入西北师范学院中文系,曾在陇南电大、成县师范、甘肃政法学院任教任职,1995年调入甘肃有线电视台,现为甘肃广电总台纪录片工作室专职导演。自1980年起,在省内外报刊发表诗歌、随笔和学术论文,出版诗集《耳朵的花园》。纪录片、歌曲词作曾获中国纪录片学会年度优秀奖、甘肃省敦煌文艺奖及甘肃省影视行业奖。

诗观:云不肯下山来,不懂交通规则的云,找不到回家的路。

核桃树下 | Under the walnut tree

豪·路·博尔赫斯

张 晨

巨大的橡木桌后面

坐着博尔赫斯

他猜想百叶窗的阴影

正爬过对面的墙

博尔赫斯坐着

听见一根头发脱落

在猩红色地毯上

发出轻微的金属声响

年轻时喜欢咖啡和旅行

以及自己的英国血统

在汽车旅馆幽暗的甬道上

吻别栗色头发的女郎

而这里是国立图书馆

阿根廷屏住了呼吸　看

双目失明衣冠楚楚的老人

坐着　摩挲着手杖
而撒克逊人的盾牌和咒语
连同印度的某个王朝
正从他身后的一本书里
放射着细小的光芒

是的　博尔赫斯先生
我还看见二十年前的你
把当天的报纸插进马甲
走进拉普拉塔河左岸
迷宫般的小巷
从你点雪茄那娴熟的动作
我想我开始明白　一个
同时拥有黑暗和书籍的人
怎样把世界装进火柴盒里
然后擦亮

侯拓野
Hou Tuoye

侯拓野，1989年毕业于西北师范大学中文系。毕业后曾供职于甘肃省教育学院、甘肃省委外宣办、甘肃省委宣传部、甘肃省农业农村厅等单位，现供职于甘肃省政府办公厅。

诗观：诗歌要发乎内心，更要直抵人心。从内心到人心这之间的距离正是诗之桥的价值。

浪漫金昌

侯拓野

据说是一位女人

按自己的模样打造了这万亩花海

她深深令我折服

是女人就要开花

还要开得轰轰烈烈惊天动地

金昌因此有了不一样的气质

妩媚妖娆浪漫多情

到了金昌我就慵懒而放松了

我要在紫金花海旁订一间向阳的房间

阳光照射到床上

我才醒来

我不读书不接电话

我要整天闲下来

我要吃一顿丰盛的晚餐

核桃树下 | Under the walnut tree

把皮鞋擦亮

邀请月亮来陪我

吸一口花香喝一口酒

我要节制自己的感情

不因花艳而惊喜

不因花落而悲伤

我要问候每一朵盛开的花朵

把美好留给自己

我要站在花丛中央

让花朵把我失败的前半生照亮

王正茂

Wang Zhengmao

王正茂,1990年毕业于西北师范大学历史系,现任甘肃省文联党组成员、副主席。省作家协会会员,省书法家协会会员。

诗观:诗言志,诗歌本身必须得有灵魂,才能飞跃时空。

圣容寺断想

王正茂

何谓圣容
这扭曲的山形
就是一场法会的瞬间凝固
这淡淡的泛着血色的光
就是慈航普渡的微澜
佛四方游走
留存胜迹的地方微乎其微
这穷乡僻壤何其幸运
他们却大兴土木
买椟还珠
佛口吐莲花
但,有苦难言

王安民

Wan Anmin

王安民，汉族。1990年毕业于西北师范大学中文系，结业于北京大学艺术学院美术系。在校时曾任西北师大诗歌学会会长，现就职于甘肃省文联飞天编辑部，任《都市生活》杂志主编。甘肃省作协会员、美协会员，作品曾参加全国及省市多次展览，2018年有作品入选兰州市赴意大利罗马美术展。曾在《星星》《绿风》《飞天》《中国青年报》等发表诗歌作品。2009年被评为新中国成立60周年甘肃省新闻出版先进模范人物，2018年被兰州市评为金城文化名家。

诗观：我追求的诗歌语言，是一种基于儿童思维的美丽的错话，是一种情绪支配下对语言肢解后的重新组合，很可能是些不合语法规范的病句，不合逻辑的臆想，是一种毫无顾忌的冒险。

核桃树下 | Under the walnut tree

春天的戒指

王安民

一

小小的她

却像一枚巨大的结婚戒指

或者随便一块石头就是一座教堂

任我卸下全部体重

我只想用蜡烛点亮一束花

一群花衣服的孩子们

在四月

只能是人的杰作

二

把这戒指戴在落日的手上

溅起一片光芒

在太阳落下去的地方

在地球对面

有一枚戒指静静等着

她等的人正蹬着星光

大踏步地走来了

三

敞开你家的窗户

敞开你身体右边的春天

栽一朵花

或者,再敞开你身体左边的春天

又栽一朵花

我曾经握锄的手指

是四月纯金的戒指

我在犹豫

这戒指应该给哪朵花戴上

四

心底的金涌上手指

我将这手指一起交给你

请保存好这比金更金的戒指

沿着掌纹上的秘密峡谷

一直走下去

我是宿命论者

可今夜,我只想住在你那

小小身体的城市里面

并且,在每一条路过的街道上

大声喧哗

五

他细小的动作像个虔诚的教徒

害怕破坏什么圣迹吗

推开四月小小的门

侧身而入的他

听见了藏在一朵花后面的呼喊

这声音像是一种疾病

这疾病的重量和一朵花的重量

刚好是一枚戒指的重量

六

这个春天的戒指
多钙,多磷,多金
多了细微的花痕
戴在你的手上
就是我的家了
在太阳下山之后
我们也要关灯
光呼吸,不说话

七

像是这个春天的最后一枚戒指
还能为她找出一个更合适的比喻吗
我把这金的意义一次次放大
——这是我的财富
谁低语着
低语者的头颅
让人感受到爱情和忧伤的重量

丁念保

Ding Nianbao

丁念保,1967年生于甘肃通渭,1988年9月考入西北师范大学中文系学习,1990年7月毕业,现为天水师院文传学院副教授。著有《重估与找寻——现当代文学批评实践》等。

诗观:诗人靠写作宣示他在这个世界上的存在。哪怕他一无所有,哪怕他一败涂地,诗人说,我不是胜者,但我是王者。

回忆一个叫马峰的人

丁念保

马峰,庆阳宁县人。我进校的1988年
住在男女生混合楼六号楼125宿舍
此前两年,他一直在多座宿舍楼的
多位老乡和诗友处流浪

据说,他是高考落榜生。初中时就已严重偏科
也有人说,他压根儿就没上过高中
不过他喜爱文学的事,属实。有张书绅老师
编发在《飞天》上的一首诗可证——

周末,我大着胆子去敲女娃子的门
空洞的声音如啄木鸟啄树。笃笃　笃笃

那两年,流浪诗人马峰
比大学生还像大学生。他蹭宿舍,蹭饭票
蹭图书馆,蹭得最多是爱情

据说,他亲过几十个女大学生的嘴

还被中文系无数男生羡慕嫉妒恨

马峰将来一定会自杀,因为他没有出路。

——夜谈中,舍友杜留甲拍着胸脯向我保证

隔了个暑假,马峰不见了

据说原因是他妹妹考上了北师大中文系。

此后,我再也没听见任何人说起过他的消息

也不知道他是否仍然活在这世上

高 凯
Gao Kai

高凯，1963年3月出生，甘肃合水人。1988年至1990年在西北师大汉语言文学庆阳师专进修班学习。现为甘肃省文学院院长、甘肃省作协副主席，为享受国务院特殊津贴专家。出版《高凯的诗》《心灵的乡村》《纸茫茫》《乡愁时代》《高凯诗选》等8部诗集和《童年书》《高小宝的熊时代》等绘本、随笔和非虚构作品多部。诗歌作品曾获第五届全国优秀儿童文学奖、首届闻一多诗歌大奖、第六届敦煌文艺奖、第四届博鳌国际诗歌奖及《飞天》《作品》《芳草》《大河》和《莽原》等刊物年度诗歌奖。出席《诗刊》第十二届青春诗会。

诗观：诗歌是生命的萤火，如果你和我一样是一个萤火虫的话。

村小：生字课

高　凯

蛋　蛋　鸡蛋的蛋

调皮蛋的蛋　乖蛋蛋的蛋

红脸蛋蛋的蛋

张狗蛋的蛋

马铁蛋的蛋

花　花　花骨朵的花

桃花的花　杏花的花

花蝴蝶的花　花衫衫的花

王梅花的花

曹爱花的花

黑　黑　黑白的黑

黑板的黑　黑毛笔的黑

黑手手的黑

黑窑洞的黑

黑眼睛的黑

外　外　外面的外

窗外的外　山外的外　外国的外

谁还在门外喊报到的外

外　外——

外就是那个外

飞　飞　飞上天的飞

飞机的飞　宇宙飞船的飞

想飞的飞　抬膀膀飞的飞

笨鸟先飞的飞

飞呀飞的飞……

云丹嘉措

Yundan Jiacuo

云丹嘉措,又名王守斌,藏族,甘肃省天祝县人。1991年毕业于西北师范大学政治系,法学博士。现在甘肃省教育厅工作,著有《草原的孩子》《甘肃民族教育思索》《民族地区义务教育阶段思政教育研究》《宗教信仰与国家安全》4部文学和教育著作,主编《2012年甘肃教育年鉴》,主要从事民族教育和民族文学研究,发表诗歌、散文、小说100余篇(首)。

诗观:诗歌是人类情感的自然流露,是有意味的语言文字表达,是一个人生活和经历、学识和时代相结合的再生创造。

天葬朋友

云丹嘉措

你静静躺在阳光深处

天葬台的石头沉默如初

那些混沌的人们

把你放在冰冷的石头上

一块块地将你

种植在头顶那片

蔚蓝的土地上

我不知道那里有没有草原和牛羊

那里的人们是否也爱欢唱

但我相信你重新生长的地方

天空中会时常飘下

青稞成熟时的清香

窦万儒

Dou Wanru

窦万儒(1967—2012)，笔名秋风，诗人、散文家。西北师范大学诗歌学会会员、甘肃省作家协会会员，甘肃宁县人。1987—1991年在西北师范大学中文系就读。毕业后曾在宁县师范学校、庆阳师范学校任教。作品见诸《青年文学家》《绿风》《散文》《西部文学》《湖北文学》等。著有诗歌集《大风轻敲》、散文集《苦苔上的微尘》。诗歌《向往草原》荣获第三届全国草原文学夏令营营员选拔赛二等奖，《天空，有鸟飞过（外二首）》荣获第二届中华校园诗歌节征文评奖三等奖，《船过秭归》荣获"九畹溪·屈原杯"全国诗歌大赛优秀奖。

诗观：我选择以诗的方式表达我对世界的认知、赞美、感恩、批判以及言语式的雕刻。

轻

窦万儒

神秘的声音在风里穿行
像一股凉气从枝蔓飘下来
那种轻,使光阴和流水
遁于无形

所有的草木挥舞着青葱的手指
像黄昏,晚祷的钟声
跨越城市上空
在纸上,淬火

何环永

He Huanyong

何环永,曾用笔名西渚,1987年考入西北师范学院中文系,1991年毕业。现在漳县政协工作。

诗观:我们的诗人应是在生命的某种激素彻底爆发时被迫而由衷地拿起笔,记录生命以及生命群体的存在状态,包括趋向性尊严。也是在那种激素爆发的刹那,诗人的目光投向更为邈远的空间,从而发现了自身的渺小。歌唱,在午夜时分升起,凄婉悲悯,有绝望一般的希望……

吹萨克斯——多好

何环永

好多年　远离朋友

我坐在家里抽烟　写诗

与妻儿们一起

吹萨克斯

倾听古老的风声从我家窗口

很响地掠过

留下种种杀机

我蜷缩在诗的光辉里

搂紧妻儿

喃喃地说　吹萨克斯多好

写诗多好

活着多好

终于　我站在窗前

怆然泪下

那是久别的朋友们　吹着萨克斯

核桃树下 | Under the walnut tree

毫无顾忌地去参加战争

那些音乐　在我的歌颂之外

支撑起一种壮丽

我目睹他们　一个个

饮弹而亡

而我　却在妻子颤抖的怀抱里

流着泪

喃喃地说　吹萨克斯多好

写诗多好

活着多好

而今　面对朋友们发黄的遗容

我开始惶恐不安

感觉到那苍凉的萨克斯音乐

正从我胆怯和懦弱的任何角度

包围着我

我无法逃遁

只能久立窗前　对着日渐苍老的爱人

喃喃地说　吹萨克斯多好

写诗多好

活着多好

刘 晋
Liu Jin

刘晋,媒体人,1987年9月考入西北师范学院中文系学习,1991年7月毕业,现居天水。

诗观:用心写,写我心。

想想有一天总要结婚

刘 晋

黄昏时刻我有了这个念头

我感到一阵战栗爬过

我的每一个末梢神经

春天来了

风依旧有些凉意

远方的小站有没有人在等我

似乎都没有关系

想想如今自由自在地生活

读书　写诗

或倚在窗口看漂亮女孩

闲下来的时候

我会在自己的小屋里

招待贫困潦倒的朋友

一杯清茶　一支劣烟

然后坐下来默默无语

多少年以后

这一切都将候鸟一样飞走

那时我有了自己的家

有老婆有孩子有了一份温暖

但朋友们很久都不会来了

他们怕打扰我

他们怕自己落满霜雪的目光

会冰冻我的那份温暖

想想今后某一天我不得不结婚

和一位陌生女人一起生活

我就感到一阵颤栗

那时候朋友们依旧在远方流浪

他们骑马经过一片大草原

他们气喘吁吁地爬上一座山冈

风雨飘摇的夜晚

他们路过这座城市

用布满沧桑的手指叩打我的屋门

妻紧紧地拥抱着我

说她害怕黑暗

核桃树下 | Under the walnut tree

我在一种麻木里无动于衷

后来朋友们流着泪走了

他们始终都没有说一句话

黎明的时候

我打开屋门

看到檐下一片泥泞的脚印

和屋门上的斑斑血痕

我就大骂着痛哭了一场

然后我就在每一个黄昏坐下来等待

望着远方的一片云彩久久出神

敏彦文

Min Yanwen

敏彦文,笔名龙徒。1987年进入西北师范学院政治系读书。中国作家协会会员、甘肃省作家协会会员、甘肃省文艺评论家协会会员、鲁迅文学院民族文学创作班学员。现任甘肃甘南州文化广电和旅游局党组成员、副局长。曾获甘肃省首届黄河文学奖、甘肃省少数民族文学创作铜奔马奖、甘肃省第五届、第六届少数民族文学奖、甘肃文艺评论奖等。出版诗集《相知的鸟》、散文集《生命的夜露》《在信仰的草尖》、文学评论集《甘南文学夜谭》等。

诗观:诗歌可以是经典,但不是谶语;诗歌可以是高高飞行的无人机,能发现低处所不能发现的,但它不携带杀伤的武器;诗歌可以是嬉笑怒骂,但不是段子和俚语俗言。

核桃树下 | Under the walnut tree

那年在黄河之都

敏彦文

那年,黄河依旧心思缜密

她先吹开十里店的迎春花

再吹开仁寿山的桃花

然后吹开人家院子里的银杏花

在一派姹紫嫣红、春意呢喃中

才款款吹开自己右肩上的核桃花

把最深最纯洁的祝福送给你

那年,我从海拔3000米的雪域羚城

搭乘驼铃牌客车,一路颠簸

七个小时后,来到黄河之都

坐上学校接新生的大巴,走进母校

把心思倾注进一本本

丁香花树下苦读的书里

那年,我骑着同学的飞鸽自行车

驰出安宁区

驰过七里河宽展的黄河大桥

沿滨河南路一直骑行过西关十字

为的是去一家名叫师园的古旧书店

淘一本两毛钱的旧书

和降价处理的旧年《读者》杂志

那年, 我怀揣诗稿

挤1路公交到火车站

遭逢多伙扒手觊觎后

兴冲冲换乘9路公交

到黄河对岸的教育学院

去拜访一位名叫豆官的诗人

先听他自豪地讲述天官寇准的故事

再请他点评我的诗歌

返回学校时

会去东岗西路文联大院门前

仰望一会《飞天》那金灿灿的牌子

那年, 为了践诺少年时的期许

我放下农村娃那铅铸于灵魂内里的怯懦

披甲持枪, 跨马出场

核桃树下 | Under the walnut tree

立于黄河左岸的核桃树下

组建起一个冠名边缘的诗社

以东方喷薄欲出的太阳为封面

打出《晨昕》亮丽的旗帜

尽情弹奏缪斯神性的吉他

那年,大银鸥飞过白塔山

飞过北滨河路

来到秘境安宁,来到十里店

听木铎金声唱醉金城四季

唱醉核桃树下的讲坛

看学子们掬月为灯,炼日成华

晨读夕诵,继夜以昼

壮志如浩荡东流的大河

决心叩开大海深邃瑰丽的知识宝库

那年,在黄河之都

我从少年变成了青年

学会了放风筝

学会了独自飞翔

2021.11.25

连振波

Lian Zhenbo

连振波，笔名河源居士。甘肃通渭人，1988年9月至1992年6月，在西北师范大学中文系学习。现为甘肃中医药大学定西校区教授，定西市政协常委，定西市陇中文化研究中心主任。甘肃省古代文学学会常务理事，甘肃省唐宋文学学会理事，甘肃省当代文学研究会理事，定西市作家协会副主席。主持2017年国家哲学社会科学"陇学研究"。先后获得甘肃省"园丁奖"、定西市优秀教师、定西"市管拔尖人才"等荣誉称号。出版著作有《陇中文学概论》《牛树梅省斋全集校注》《影子：与风的蜡像》等，先后获得定西市"五个一"工程奖、定西市优秀社科一等奖。

诗观：为诗像荡秋千，溯源愈远，拓展愈深。

核桃树下 | Under the walnut tree

总想与人一起追忆

连振波

我再见到你时
核桃树的骨感让一株美人蕉
闪进梦的阴影
一万次光与影的重叠
不曾增厚岁月
像爱情的光刻刀在心片上琢磨
你自出水芙蓉
我已站立成骷髅
旧文科楼只剩半段观景台
丁香文炖了山鸡
迎春蜕变成连翘
而你油油展开的少女情怀
零落成那一声叹息

这一刻
我无明心碎

我知道你有远方的爱

洁白的羽绒服与雪山相映

忍冬,像红珊瑚照耀着自己

我没有别的心愿

风正吹我头发凌乱

我想说些什么? 自己不知道

却渴望你能懂个中滋味

这少年时不眠的思绪

总想与人一起追忆

核桃落入旷夜多么清脆

我何曾想把自己灌醉

萧
音
Xiao Yin

萧音，甘肃景泰人，现就职于广东省江门市。1992年毕业于西北师范大学中文系汉语言文学专业。1988年开始诗歌写作，作品散见于《中国作家》《诗歌月刊》《绿洲》《星星诗刊》《诗潮》《飞天》等报刊。

诗观：诗歌无论有多少主张，都要坚持诗意，离开了诗意这个根本，它也许就成了别的东西了。诗意的要义是语言，过多的主张、形式甚至修辞，只能构成对诗意的伤害。诗歌不是简单的分行，更不是口水的积潭，应该是诗意的呈现。

虚拟

萧 音

我虚拟一只耳朵,让它安放在
你心脏的最隐秘处。不需要灵敏
能覆盖我的喃喃细语就行
让它贴近你的眼睛,在众多被尘土覆盖的碎石中
准确无误地识别出你心的形状与方向

我虚拟一双手掌
用它轻轻捂住你的耳朵,这样
周围的寂静和我的心跳会更加凸显出来
让它把树上的马灯调得更亮
使我们能够找到曾经失去的那些碎片
当我们在前去的路上迷失方向的时候
让手指给我们足够的提醒

我虚拟一个村庄,那里有无月的星空
还有我们一起老去的时光

核桃树下 | Under the walnut tree

有你在河边浣衣,嬉笑

在粗茶淡饭的灶台边

那一方被柴草烟火熏黑的天空

我们可以用幸福的泪水洗净

油灯下的夜晚多么宁静啊

我会像飞蛾一样,扑过去把你照亮

我甚至虚拟半壁江山:

湖泊,草原,星星和沙漠

一条小溪期待着另一条小溪的汇入

但不需要泥沙,把浑浊隐藏在下面

就像我们的两颗心,明澈见底

印在一起,不需要任何弧度

在我们之外,有更多旳流水环绕周围

我虚拟一场雪,一直在屋外飘着

我们依窗而立,把目光投向远方

但都被雪不停地融化

交谈的言语不多,偶尔沉默下来

这无声的世界,仅仅需要几片雪花

华灯初放时,整个世界一片雪白

就像我们将来会慢慢变白的鬓角和华发

我虚拟一个万马奔腾的战场

没有硝烟和呐喊,也不用枪炮和利箭

你轻轻的一个手势或者眼神就会将我俘获

就像丁香屈服于春天,黎明向阳光投降

我举起笑脸,向爱投降

我虚拟一场旷日持久的风

在你辽阔忧伤的原野上,毫无阻拦地吹过

让你像一棵小草的抵抗一样

虚弱无力

之后,在细小的吹拂中

反而把你的爱吹得更长,更茁壮

我还想把自己虚拟成一把吉他

永恒地挂在你手指的墙上

我还要把自己虚拟成无数错别字

让你不停地在练习本上默写

核桃树下 | Under the walnut tree

好吧,现在我要

紧闭柴扉,决意不再出门

我要以一朵盆景的经验爱你

不要阳光,不要雨水

只留手指间这些细碎的耐心

和眼眶中足够的泉水

哪怕在万物萧条的时节

我也要蓄养这小小的春天……

徐兆寿

Xu Zhaoshou

徐兆寿，1968年生，甘肃凉州人，复旦大学文学博士。现任西北师范大学传媒学院院长、博士生导师。甘肃省当代文学研究会会长、甘肃省电影家协会主席、全国当代文学研究会常务理事、全国文艺评论家协会理事。中国作家协会会员，甘肃省首批荣誉作家，《当代文艺评论》主编。入选教育部"新世纪优秀人才支持计划"，甘肃省领军人才，甘肃省宣传文化系统"四个一批"人才。国家社科基金重大项目首席专家，第十届茅盾文学奖评委。

1988年开始在各种杂志上发表诗歌、小说、散文、评论等作品，共计700多万字，其中长篇小说有《荒原问道》《鸠摩罗什》等8部，诗集有《麦穗之歌》等3部，学术著作有《文学的扎撒》《精神高原》《人学的困境与超越》等20部，散文集《西行悟道》《问道知源》等，获"全国畅销书奖""敦煌文艺奖""黄河文学奖"、甘肃省哲学社会科学优秀成果奖等十多项奖。

诗观：诗是天地玄妙之音，是人文鸟兽入道之语，也是人天相错中的忧愤之声。

割肉救鸽

——致敦煌莫高窟第254窟

徐兆寿

青草啊

当饥饿的羊群扑向你

喜悦而发狂地咬断你青春的身子时

你是否在这世间留下了怨恨的声音

熟透的麦子啊

虽然你知道这是瓜熟蒂落　　是命运的秋天

但你是否怀着对镰刀的恐惧和怨恨

这世上的一切怨恨和因果

只要产生就不会失去

直到它经历另一场风的和解雨的消融

才能化为幸福的泪水

那么，柔弱的羊们、鸡们

你们一定是怀着对主人的仇怨去了黑暗的世界

我如何才能从那无边的暗世救你们上来

我又如何劝那些饥饿的人们放下屠刀

尸毗王坐在巍峨的王宫里正苦思冥想

美丽的王妃弹着妙不可言的乐曲

那乐曲像辽阔的边疆

臣子们正一心向百姓服务

努力把狭隘自私的心灵敞开

边疆的诗人们也在朗读赞美国王仁爱、慈悲的伟大诗篇

那一行行诗在镌刻在庄严的天幕上

突然　一只鸽子从高墙上飞下,扑进了尸毗王的怀里

而一只饥饿又凶猛的鹰随后追至大殿内

士兵们拔出了刀

要杀掉鹰和鸽子

王妃尖叫的声音划破了苍穹

宫女手上的玉盘也随之破碎

他惊讶而慈悲地看着鸽子

他看见洁白的羽毛上

滴下几颗泪珠

鸽子的心跳犹如他童年的一次颤栗

一双单纯而清澈的眼泪在乞求着他

而那只鹰

那只士兵们轻松就可解决的鹰竟然也在乞求着他

向他发出悲鸣的请求

伟大的人王啊

请把我的食物还给我吧

他对你没有任何用途

你即使将它做成美餐

也不过是尝尝它的野味

但它能救我的命

他惊讶地看着这说话的鹰

觉得它说的话多少有些道理

又回头看着怀里柔弱的鸽子

不知如何是好

王妃命令士兵

快把鹰赶走

士兵正要上前

那只鹰又开口说话

伟大的人王啊

都说你仁爱、博大

不但爱你王国的人民

还爱着你王国的一草一木

既然你提倡众生平等

那么你对我也要一样对待

一个将军喝道

不杀你　已经给了你公道

你还不快滚

我们国王不会看着你死在这圣洁的宫殿

奄奄一息的鹰说道

你救了鸽子的命是仁爱

但它也是我的命

我们从古到今就是吃它们而活命

这是古老的天定的法则

今天你虽不杀我

要把我赶走

但你很清楚

我再也飞不起来了

我的命就搁在你这被无数诗歌赞美过的宫殿

核桃树下 | Under the walnut tree

他叹了口气

挥了挥手

让士兵们退下

并无计可施地问道

它飞到了我的怀里

这是前世之缘

我若不救它

我妄为人王

但我又如何救你

难道我王宫里的美食你都看不上

它环顾四周

国王的宫殿上

全是美食美酒

正散发着迷人的香味

但它坚定地说

我不是人

我是一只天空中飞翔的鹰

我只有吃这上天给予我的鲜活的生命

才能回复气力飞出高墙

您就放弃您那求道者的决心和拯救众生的愿望吧

先救活我这个快要断气的生灵

它的命是命

我的命也是命

您怎么能有这样的分别

他看了看那鹰

又看了看怀里还在发抖的鸽子

以商量的口吻说道

如果我用我的血和肉给你

你可愿意放掉这鸽子

鹰打量了一下大山一样的国王

犹豫了一下说道

你那么神圣的肉

透着灵光的肉

你那智慧的血

可令我们这些飞禽超生的血

是我们望尘莫及的

从不敢奢望的

我怎么敢吃您的肉喝您的血

核桃树下 | Under the walnut tree

我只需要一些热血和温肉就足矣

王妃看了看自己的手
吓得打了个寒战
平时口口声声愿为国王牺牲一切的宰相看了看自己衰老
的皮肤说道
如果你愿意吃我这将死之人的肉，可给你一块
守卫王宫的将军说道
如果你能看上我这伤痕累累的肉，我愿意多给你一些
一个年轻的士兵挺身而出说
我的血最年轻，我的肉最新鲜
我愿意献出我的生命
来实现国王仁慈的愿行

他动容地从宝座上站起
你们和我
都是毫无分别的生命
都是上有父老下有妻儿的男子
我连这鸽子都要拯救
又岂能用你们的血肉
善良的勇敢的各位

你们都退下吧

求道是我的愿行

一切就由我来承担

来吧　天空中的神鸟

你来到这里一定有某种

不可思议的因缘

你让我刹那间顿悟了妙法

我这正在腐烂的肉身

随便你挑那一块

我决不珍惜

王妃哭喊着

众臣手足无措

他叫来士兵

拿起刀,从他身上准备割肉

这时,天空中的鹰竟然说道

我多一分也不要

我只要那与鸽子一样的重量

于是,他叫人拿来一个天平

一边放着鸽子

一边则准备放他的血和肉

核桃树下 | Under the walnut tree

那个穿着异邦服装的士兵

开始用刀割他腿上的肉

也有人收他流下的血

他则向众人讲经说法

他说　空中无色

士兵割下他左腿上的肉

他说，不仅仅色空，法也空

士兵割下他右腿上的肉

但天平依然倾斜

他说，五百年后

佛法犹如四季一样

将迎来冬天

那时，佛法灭去，世上的法都是魔法

士兵将他胳膊上的肉割下

他又说

在漫长的冬季

佛法看似仍在

但人们执着于自己

并残忍地杀害异己者

于是，人们将走进未法时代

士兵将他右胳膊上的肉割下

天平依然倾斜

士兵准备割下他的肋条

泪水已经迷糊了士兵的眼睛

哭声震惊了天地

天上地下无数的生灵都出来观看这伟大而残忍的一幕

王妃早已哭昏了过去

连年老的宰相也昏厥倒地

这时，说法正兴的他

一下子跳进了天平的秤盘

他同时说道

在经历无数劫时

大地上再也没有庙宇

再也没有僧人

佛法则借着春天的草木

重新从东海中升起

人们看见天平刚好持平

核桃树下 | Under the walnut tree

敦煌莫高窟第254窟北壁西侧

尸毗王本生故事

2021.9.21

辛丑年丁酉月壬申日己酉时

扎西才让

Zhaxi Cairang

扎西才让，1990年进入西北师范大学，就读于中文系。中国作家协会会员，甘肃"诗歌八骏"之一，第十二届全国少数民族文学创作骏马奖获得者，2019年全国少数民族文学之星、甘肃省中青年德艺双馨文艺工作者荣誉称号获得者。作品见于80多家文学期刊，被《新华文摘》《散文选刊》《小说选刊》《诗收获》《散文海外版》等选刊转载，著有诗集《七扇门》《大夏河畔》《当爱情化为星辰》《桑多镇》《甘南志》，散文集《诗边札记：在甘南》，中短篇小说集《桑多镇故事集》。

诗观：写诗，就是不断地挖掘自己或他人的人生中的秘密。而诗集，就是这些秘密的结晶。

我的秘密

——致敬西北师范大学

扎西才让

现在,我想回到从前,据说——
一颗核桃,就是一个秘密,
一树核桃,就是一千颗秘密,
一院核桃,就是无法数清的秘密。

现在,我坐在核桃树下,
想起这座校园里的少男少女,
因为秘密,他们成长,他们成熟,
他们成为渴望中的样子。

现在,我漫步在您的形如巨伞的
核桃树下,圆满了一个秘密——
三十年后,年过五十的游子,
又成为您呵护下的少男,或少女。

王 珂
Wang Ke

王珂,1966年生,重庆人,1990-1996年在西北师范大学西部文学研究所和中文系工作,曾在《当代诗人》《诗林》《诗潮》《星星》《绿风》《飞天》《福建文学》《朔方》《山西文学》《山花》等刊物发表诗作。现任东南大学人文学院中文系教授,东南大学现代汉诗研究所所长,出版专著9部,编著8部,发表论文400多篇。

诗观:诗是艺术地表现平民情感的语言艺术。

情 鸟

王 珂

> 相传,昔日有燕巢栖于关内,每日结伴出关觅食。一日狂风大起,两燕迷途失散。一燕先归,关门闭开;一燕后至,关门已闭,不得入,遂触城而死。孤燕久等不归,亦悲痛长鸣而死。其精灵不灭,每当天晴气爽之日,在关城墙脚脚下,两石相击,便会发出"啾,啾,啾"似燕鸣之声。
>
> ——嘉峪关楼《击石燕鸣》碑文

松启紧闭的心灵
船长　船儿已经启航
陶醉着驶入情海深处
浩瀚的汪洋有座爱情岛
鸟儿在那里筑巢
风儿在那里吟唱
爱的潜流在那里
诱惑船儿进入
女妖正在歌唱

情歌从海上飘来

情鸟从岛上飞来

情人从雾中走来

情花从浪中漂来

杜鹃啼血　相思鸟

生于相思死于相思

船长颤栗　脆弱的心

不知道迷途而返

热情奔涌

豪气弥漫

在黎明远离本土

在黄昏误入歧途

情鸟从远方啼血而来

为船长导航

船长　泪眼蒙眬

倏然成为云中小鸟

船儿成为大鹏

随着情鸟归去

1991.5.24，于西北师范大学

张海龙

Zhang Hailong

张海龙，1990年进入西北师范大学中文系。杭州市文联第九届全委会委员，杭州市作协主席团委员、余杭区作协主席；作家、纪录片策划及撰稿人、"我们读诗"创始人。

文学作品：小说《我们都是被梦做出来的》、《七个夜晚或潜鸟的鸣叫》；随笔《灵魂之光》、《西北偏北男人带刀》等。

纪录片作品：央视农业频道首播纪录片《我与大运河》导演兼撰稿；央视纪录频道纪录片《自然的力量》总撰稿、《功夫少林》《藏着的武林》文学统筹；央视中文国际频道纪录片《传承2》与《记住乡愁》《中国新疆之历史印记》策划及撰稿；浙江电视台纪录片《孤山路31号》《西泠印社》总撰稿；曾两度荣获2019—2020年度国家广电总局国产纪录片及创作人才扶持优秀撰稿类。

诗观：功夫在诗外。一句诗的分量，有时大过整个世界的喧嚣。

给小引：世间所有寂静

张海龙

小引兄，你好啊，见字如面

每天，我都在看你发自疫区武汉的文字

我们必须直面这莫名的命运——

第九篇日记开头，你说："我在武汉。封城第七天。

今天天气真好，蔚蓝的天空亮得刺眼，像边陲之地。"

武汉大学前天封校。你的文章昨天被橡皮擦除。

无人可论江南事，小引春风上画图。

你的笔名由此而来，却更像一个宕开一笔的隐喻。

有人提议，待疫情过去，要铸成八尊铜像

标示出一座城市回避真相的代价

果真如此，我们就在这铜像下来场诗歌民谣吧

把谣言唱成谣曲，把真话唱成真理

世间所有的寂静

此刻，都在此地

尔雅
Er Ya

尔雅，本名张哲。作家，教授。甘肃通渭人，1991年进入西北师范大学。发表作品约500万字。主要作品：《蝶乱》《非色》《卖画记》《同尘》《一个人的城市》《哑巴的气味》等。中短篇作品入选多种文学选本。获得过多次文学奖励及资助。中国作家协会会员。中国电影家协会会员。中国戏剧家协会会员。甘肃省宣传文化系统"四个一批"人才。甘肃省影视作品审查委员会委员。现居兰州。

诗观：诗言志，怡情，养生，积善，厚德。

黄金年代

尔 雅

那些年到了课间时分

我们聚集在旧文科楼二楼的过道里

抽烟,吹牛,谈论诗歌、爱情和理想

给我发烟卷最多的人是班主任老胡

讲授现代文学和朗读自己的诗歌

朗读的时候眼睛里泪光闪亮

用口水和备课稿纸擦皮鞋

领到薪水的夜晚叫我一起去红宝石

看通宵录像

说起抽烟,阿黄的品味最高

我抽过他好多颗中华牌烟卷

热爱啤酒和吉他的阿东

多年以后在北京提议说

我们可以试一试,酒杯碰撞的声音

到底有多么令人心碎

阿峰后来成为师长

他送给我无数的烟卷、夜宴和钧窑茶具

核桃树下 | Under the walnut tree

只因为当年的旧文科楼上

他喜欢过我写的诗句和小说

而那时真的是一个诗歌的黄金年代

201教室里的人们拥有漫长的青春期

广西口音的庄子遨游天地

四川口音的胡适朗诵诗句里的蝴蝶

陇南地的屈原被香草和鲜花簇拥

讲授文学理论的老先生烟雾弥漫

确乎是山中何所有,岭上多白云

英语老师总是那么妩媚漂亮

很多人在夜晚秘密地写作情诗

漫长的四年里有无数个春天和秋天

春天里我们坐在丁香花下

秋天里我们坐在核桃树下

丁香会成为南山的雪花

核桃会成为五彩的气球

青春期比一生还要漫长

而我们永远热爱花里的雪瓣

坚果里的柔情和轻盈

韩高年

Han Gaonian

韩高年，文学博士，教授，博士生导师，现为西北师范大学副校长，中国语言文学一级学科带头人，为甘肃省首届飞天学者特聘教授、中国诗经学会副会长、甘肃省古代文学学会会长。主要研究领域有中国古代文学与文化、古代民俗学史、陇右文献与西北地方文化、出土文献与华夏文明传承创新等，发表论文130余篇，出版专著20余部，主持完成多项国家社科基金项目，成果多次获甘肃省哲学社会科学优秀成果奖、教育部人文社科成果奖。

诗观：诗关乎真善美，鄙弃假恶丑！诗意不能和流泪画等号，热爱诗歌也绝不是媚俗！当校园拒绝诗和远方的时候，就真的离媚俗不远了！虽然说好诗和哲学是近邻，但充满生活气息的诗，远远胜过意淫式的哲学！

核桃树下 | Under the walnut tree

我站在奔驰的列车上

韩高年

我站在奔驰的列车上
左边是雪山
右边是戈壁
我看见
穆王的八骏
王母的瑶池
金光闪闪

我站在飞奔的列车上
右边是雪山
左边是戈壁
我听到
李广的神箭
卫青的铁骑
幽咽凄残

我站在疾驰的列车上

脚下是边塞

头顶是胡天

我想到

龟兹的罗什

东土的法显

思绪万千

我站在历史的列车上

眼里是奇迹

心中是感叹

我梦到

乌孙已东归

细君回长安

泪湿春衫

孙
强
Sun Qiang

孙强，1972年10月出生，甘肃镇原人。1995年毕业于西北师范大学中文系，现为西北师范大学文学院教授，硕士生导师，现当代文学与西部文化研究所所长，兼任中国当代文学研究会理事、甘肃当代文学研究会秘书长。出版专著4部，编著2部，发表学术论文数十篇。主持或参与国家、省级各类科研项目8项。曾获海南省哲学社会科学优秀奖、甘肃省哲学社会科学优秀成果奖、甘肃省高校社会科学优秀奖等奖励。

诗观：诗就是内心的音乐。

黑山湖的忧郁

孙 强

　　走在路上
蓝天低垂　像块翠绿的宝石
和谐的骆驼刺
阳光凝视着我们
　　有一种气息弥漫其中

让人不安
告诉我
　　这是不是黑山湖在沉默

旷野无垠
寂静的山峰正在祈祷
大批大批的伙伴都走了

只剩下了岸　只剩下了大地的眼睛
一生未合
　　这些都是它唯一的至爱

王德祥

Wang Dexiang

王德祥，1970年生，1995年毕业于西北师范大学中文系。现任西北师范大学传媒学院党委书记，副研究员，甘肃省诗词学会常务理事。在《西北师大学报》《学生工作》《秘书之友》《青年工作论坛》等学术期刊发表理论文章20余篇，参编《高校办公室工作理论与实务》《陇原大地中国梦》等著作4部。在《甘肃诗词》《甘肃日报》等报刊发表诗作数首，出版个人自选诗词集《行吟集》。

诗观：诗，感悟于生活，纵横于生活之上，快乐时开怀畅笑，悲伤时默然沉思。用文字表达情怀，感悟生活，解释世界，享受乐趣。

思念

王德祥

我知道

梦呓怎么撕人肺腑

也无法从山峁上飘过

夜深人静的时候

在落叶敲响的地板上

倾听你的足音

拥你共享幻境的片刻

你总很神秘

来去无踪

黄昏在太阳落山后不约而至

我独自独自

一个人坐在枯柳下

抚摸从古筝上绕过的相思

将一段一段破碎的乐音

编织成你的容颜

痴痴相望

李世恩

Li Shi'en

李世恩，1991年进入西北师范大学。文化学者、作家，曾任《平凉日报》副总编辑、平凉市文联主席，现供职于平凉市政协。在《飞天》《文汇报》《中国文化报》《甘肃日报》等发表诗歌、散文、文史随笔等百篇（首），大型纪录片《西北望崆峒》总撰稿之一，著有散文集《芳邻》、文史随笔《尺墨寸丹：古札中的世道与人心》，编辑《李庆芬诗文集》《陇头鸿踪》《春秋逸谭（上、下）》等。

诗观：中国现代诗自胡适之发轫百年来，树旗扛鼎者多如牛毛，如时装走秀，西装不妨流行，但汉服也显华贵。读诗写诗，唯有真情最感人心，所以话说回来，还是离不开老祖宗的三个字——诗言志。

墙壁上有先生的照片

李世恩

六十年前的深夜
先生
您也有打瞌睡的时候
这时，日本的藤野严九郎
远渡重洋
趴在您的墙上
望您
您只得点上一支烟
去写为正人君子们
所深恶痛绝的文字

现在您也成了我墙上
一帧照片
让我无法进入
昏昏欲睡的状态
您如炬的目光

核桃树下 | Under the walnut tree

把我夜晚的一角燃成白天

教我诗心难眠

六十年后

或许我也变成带黑边的照片

那时是不是

还有一位青年

望着我的微笑

也不会

睡去

颜峻
Yan Jun

颜峻,出生于兰州,1991—1995年在西北师范大学中文系学习。现住在北京。曾出版诗集《外星人不知道他们不存在》,及自印诗集若干,有英译、德译诗集几本。曾参加鹿特丹国际诗歌节、柏林国际诗歌节。2016年起不再用本名写诗。

诗观:好像没有什么观点。大家说得都挺好的。我要是诺贝尔,就发钱给所有写诗的人。

6月23日

颜　峻

楼上住着一位砍柴师傅

他砍掉了门　砍掉了桌子

现在　正在砍我的电视机

　　　　　　2013.6.23

杨 华
Yang Hua

杨华,1993—1997年在西北师范大学中文系学习。西北师范大学传媒学院教授,出版有诗集《正午的阳光》等。

诗观:一直以为,诗歌是神圣的,它是青春的外衣,奥妙无穷。

高冷的五月

杨 华

眼望五月高冷的长空

几抹云彩从斜角里踉跄而来

一片湛蓝阻挡住所有的心机

我如斯遐想——

想要从卑微变作伟大

或者从喧嚣化为乌有

那将是一场多么遥远的马拉松啊

有的人搁下烦扰和行囊

袒露在阳光和砂岩之间

奔向小草，野鸟和陌生的山坡

一步一步，奔向开放和宽容

有的人开始平静如水地征服

用毕生的脚步亲吻每一寸土地

与世俗暂别，与时间暗战

任内心的黄河水汹涌澎湃

然而,转弯处,便遇见猝不及防
冰雹袭来,狂风袭来,陡峭袭来
寒冷犹如无人区的夜空袭来
一切都模糊了,停滞了,万籁俱寂

那将是一场亘古未有的越野赛啊
许多人越过的是岁月和记忆
到达终点之后的终点
把生命永久地遗落在赛道边缘

如果从浩浩荡荡的文字里抬起头来
山峦跌宕起伏蜿蜒而去
恰好有几只燕子徘徊低鸣
是暴风雨又要来吗
那就让它来得更猛烈些吧

我还是如斯遐想——
强壮的体魄就像激烈的争吵
些许沙哑,些许咳嗽,些许冷眼旁观

核桃树下 | Under the walnut tree

就能让人间大爱化作理性

悄然降临，平复无限的愤愤不平

我们终将从头收拾旧山河

顺便踏破隐匿的心灵山阙

人间处处开满正比例的花

伟大的将更加伟大，高入虚空

平凡的将更加平凡，低至尘埃

我双手合十，颔首

这个五月高冷的长空啊

2021. 5. 24

张晓琴

Zhang Xiaoqin

张晓琴，1994年进入西北师范大学。文学博士，现为北京师范大学教授，博士生导师，中国现代文学馆特邀研究员。主要从事中国当代文学研究与批评，闲时写诗著文。获"唐·文学奖"、敦煌文艺奖、黄河文学奖、"中国当代文学研究优秀成果奖"等奖项。

诗观：诗是人的一种存在方式，也是人证明此在的方式。

在高原

张晓琴

在高原，我们不谈往事，

只晒太阳。只赏牡丹。

因为从来系日乏绳，

今天的阳光充足，胜过一切。

洮水汨汨，山风无垠，属于今天。

少女演奏，少年追云，属于此刻。

衰老的人望着一只空坛子

和坛子中的父亲——

百年前栽下第一株牡丹的人。

百年的花瓣将他们绑在一起

飞过弧形的天空。

李雁彬
Li Yanbin

李雁彬，汉族，1974年3月生，1995年考入西北师范大学中文系文秘班学习，1997年7月毕业。甘肃省作家协会会员，现供职于甘肃省秦安县地方志办公室，长期从事史志工作，热爱诗歌，作品散见于省市报刊。

诗观：在所有的诗歌文本和主张中，我还是偏爱有历史传承精神和民歌气息的诗歌，因为我一直认为，即使诗歌再任性，永远有成为诗歌的内在的规定性，这就是诗歌的灵魂所在。

想起兰州

李雁彬

兰州可能是我这辈子去过的

最远的也是最大的城市

但是在很长一段时间

我用五笔打不出这个词组

打出来的总是郑州

这让我真的很沮丧

其实兰州和郑州一样

都是吊在黄河这条藤上的葫芦

这个葫芦里装着我最富梦想的时光

装着旧书摊小饭店羊杂碎

以及四月丁香浓浓的幽香

装着某个女子灿烂的笑容

想起兰州就想起黄河

在那儿平缓雍容

泥沙、垃圾和世态万象

组成寂静的喧哗

3路公交车经过十里店桥的时候

我望见夕阳在浑浊阔大的水波上

映下金子一般的辉煌

马
世
年

Ma Shinian

马世年,1975年生,甘肃静宁人。1998年毕业于西北师范大学中文系,文学博士,现任西北师范大学文学院院长。出版《〈韩非子〉的成书及其文学研究》等作品。

蓝烟飘起的时候

马世年

蓝烟飘起

这是庄严的时刻

有一些英雄暗自降临

我很奇怪他们黄昏的到来

很多故事已近结局

而他们却认真地凝聚力量

准备开始

蓝烟飘起

这是生长英雄的土地

也是他们最后的归宿

我应当赞美他们

在神圣的时刻

他们从容地倒下

颜色绯红

啊,我的目光严肃而平静

核桃树下 | Under the walnut tree

在这安谧的圣殿里

有谁与我姿态一致

蓝烟飘起

黑暗最终来临

我知道,在这片土地上

有一些生命将以生长

纪念英雄

木
夕

Mu Xi

木夕,本名吴建新,中国诗歌学会会员,甘肃省作家协会会员,酒泉市作家协会签约作家,教授。1973年生于甘肃凉州,1998年毕业于西北师范大学中文系。著有诗集《木夕的行吟》,另有作品散见于《词刊》《中华诗词》《散文诗世界》《诗渡》《北方作家》等。

诗观: 诗可以喂养灵魂,也可以安放骨灰。

核桃树下 | Under the walnut tree

走在夜色之上,你就是王

木 夕

走在夜色之上,你就是王
踩着月光的花瓣君临天下
可以漫步,可以小憩,可以
洞察路灯散布的满地谎言
也可以忽略车流、人声,以及
被他们鼓荡的尘土与狗的吠叫
可以忍受高铁在头顶呼啸
也可以原谅暴雪对杏花的造访
可以将悲悯的目光投向大地
也可以悄悄将自己放逐远方
你甚至可以忽略一切过往
包括白昼、晚凉还有现在

走在夜色之上,你就是王
怀抱破烂的陶罐穿过人间
穿过渐渐肥硕的草叶的内心

穿过锋芒毕露的金黄的麦田

将晶莹的露珠收集起来

将饱满的种子收集起来

将月亮散落的花瓣收集起来

将一切美好的记忆收集起来

你可以拿它酿一坛透明的酒

分给那些有家不回的家伙

也可以用它造一个理想的国

收留所有无家可归的人

走在夜色之上, 你, 就是王

刚杰·索木东

Gangjie Suomudong

刚杰·索木东,藏族,又名来鑫华,甘肃卓尼人。1998年西北师范大学数学系毕业后留校工作至今。中国作家协会会员,甘肃省作家协会理事、副秘书长,藏人文化网文学频道主编。作品散见各类文学期刊,收入数个选本,译成多种文字。著有诗集《故乡是甘南》。

诗观:怀揣悲悯与温润,克制地抒情,隐忍地表达,把凝重之物轻轻拈起的留白之处,充盈着诗意的力量。

一九九七年的四海书店

刚杰·索木东

那时候兰州的天空飘满浮尘

通往黄河的路上,有土狗,鸡群

肆意横流的泥水和生机残存的菜叶

一跃就能进入的低矮平房

墙头插满了玻璃碎片

拿着七十九元的师范生补贴

我们觊觎着炒面,烤肉,镭射录像

和无比喜爱的尼采、太阳和诗歌

——背靠大学的半爿小店

多像时代的一个注脚

从书架上抽出几册黑色书籍时

秋天的诗句早已浸透了昏黄的光阴

突然想起一九九七年的四海书店

那位瘦瘦的老人,坐在书堆旁边

核桃树下 | Under the walnut tree

坚守着母亲河畔的一份静谧

辛丑年中秋，得知先生早已辞世的消息时
所有读过的书页，都在空中沙沙作响

注：四海书店，1990年代西北师大一位李姓退休教师在学校附近经营的书店，主售文史哲类精品图书。后来，先生去国外旅居，走前将很多书捐给了学校资料室。

柴春芽

Chai Chunya

柴春芽，现居日本奈良，1975年生于甘肃陇西一个偏远农村，1999年毕业于西北师范大学政法系；曾在兰州、西安、广州和北京的平面媒体担任调查记者和副刊编辑；先后任《南方都市报》《南方周末》和《中国新闻周刊》摄影记者以及凤凰网主笔；曾在西藏草原义务执教，曾在重庆邮电大学移通学院讲授创意写作课；导演电影两部，剧情片《我故乡的四种死亡方式》荣获第32届温哥华国际电影节评审团特别提名奖；翻译过博尔赫斯诗选，目前正在翻译《杰克·伦敦作品集》（四卷）。

诗观：一首诗的创造，仿如一团火焰从你的精神深处慢慢升起，逐渐照亮超时空宇宙的幽暗。这个过程是幸福的，感觉你脱离了肉身的束缚和物理规则的局限，让你觉得，自己乃是太空中一粒人类意识的种子，那么轻灵，却又蕴含一切。

核桃树下的忏悔诗

柴春芽

正是奈良之春,我家花园七丛杜鹃盛开,三棵月桂新叶
那是以前的主人难波先生留下的一九七〇年代日本风情
九朵德国鸢尾花,却是不知何时从欧洲渡海而来的植物
竟然与一个远东大陆的流亡者相遇在太平洋孤独的群岛

惆怅的人为了中国西部的乡愁而新种的牡丹错过了花期
学长高尚突然在微信中说起西北师大校园里那株核桃树
旧文科楼后面,图书馆前,我在核桃树下读过海子诗篇
转眼已过二十年,那时我轻狂无知,用青春掩饰着愚蠢
那时候,教科书和我的肉体一样苍白而空洞甚至还麻木
忘却了敬畏神乃是一切知识的开端这样永恒训诫的箴言
忘却了灵魂正在焦渴地期盼律法下的公义、爱中的自由
因而从来不曾跪下双膝捧起双手在核桃树下深深地忏祷

一个中年人必须以羞愧回忆过去,必须节制肤浅的抒情
核桃树下被你的轻薄和傲慢伤害过的女孩你该说声道歉
对不起啊彭老师因我当年采访您之后忘了归还您的相片

就是因为这样的羞愧你才会发现时间之书变得越来越重

或许真该回想一下那株从未陷入罪之诱惑里的核桃树了
真该比对一株纯洁的核桃树,看看我们的长相我们的心

严文科

Yan Wenke

严文科,祖籍甘肃天水。1995—1999年就读于西北师范大学政治系,1999年到2002年西北师范大学历史系读研究生,本科期间曾担任校文学联合会(原诗歌学会)会长、《我们》主编、校报记者团团长。文科创新(北京)教育科技有限公司执行董事,西北师范大学中国品格研究中心主任,"中国品格"教育创始人,校友经济服务中心联合创始人。西北师范大学校友总会理事、北京校友联谊会常务副会长兼秘书长,中华炎黄研究会童蒙文化委员会常务理事。山西省教育学会中华优秀传统文化委员会顾问。

诗观:诗为思想和情感的雕塑。小诗遣词抒情自娱。大诗凝情炼志,激神荡魄,同声相应,以我见人心、时代,以人心、时代见我。

淬炼

严文科

用不着到暗夜的炉火边淬火

被时光烧的通红的钢锤一声声敲下

城南城北　城里城外　一夜心惊

眨眼间北京城被敲成了色彩斑斓的深秋

眨眼间碧绿的心儿已经纷纷飞扬

仿佛人到中年　白发忽上心头

一夜间阜通大街上银杏树换上了金黄的盔甲

战争要开始了

巨大的铁锤悄然沉重地砸过来

十号楼下梧桐树叶的边缘经历一次次火光的灼烧

每一眼望过去

火一样的思念咬噬着心上人

沉重的铁锤一次次砸在桐叶的边缘

相思的汁液溅射到城北一带的树丛里

伸向半空的杨树叶　低矮的山楂树叶　密密的槐树叶

核桃树下 | Under the walnut tree

还有远处高耸如伞盖的榉树

无论高低贵贱

此刻大家的心情都是一样的

从浅黄变成一簇簇的猩红

再变成深褐色的枯叶

每一叶碧绿的心都感受着思念的痛苦与甜蜜

要么在爱的烈火中燃烧

要么坚韧地守护着人生的梦想

无暇等候到冬天的阳光照亮枯枝上的尘埃

巨大的铁锤不停地落下来

大地之上到处都是厚重的砧板

金黄色的树叶铺满花家地南街的清晨

无论是开着豪车经过的年轻人　还是

斜靠在菜市场门口打零工的乡下大叔

雾霾从渐见泛黄的绿荫中弥漫下来

中午　黄昏　半树金黄的落叶堆满黄昏

到处都是嘭嘭嘡嘡的打铁声

梦里温馨的灯光淬在炉火中

每个生命都是时光之锤的砧板

我知道这一次次接受锻打也有你

因为这是十一月　彤红的枫叶　黄金的银杏叶

匍匐在大地上的金黄的兰

未曾在眼着出现的菊

无休止从空中纷纷落下的榆钱叶子

我所能看到的和看不到的

都经历了时光的淬炼

因为这是十一月

秋天和冬天已然交织在了一起

李振羽

Li Zhenyu

李振羽，1970年生，本名李振宇，甘肃静宁人。1996年进入西北师范大学。中国当代先锋诗人，中国百名口语诗人。出版诗文集6部，入选30多个中外选本。2013年发起成立谷熟来禽诗歌节。2020年以9首代表作跻身《新世纪诗典》全球中文现代诗千人实力榜百名诗星。有诗被译为英、德、韩语。2011年诗文集《人文刀具》获首届崆峒优秀图书奖，2014年获《新世纪诗典》入围奖，2017年获葵之怒放·现代诗推广奖，2019年中韩双语诗集《快递一号》获成纪文艺奖。

诗观：当下更高级的口语诗，讲求最隐秘的诗意发现和天然诗意留白，如高手丹青写意，如高僧说家常话，如不经意间天机一泄……对于伟大的现代汉语及我们浸淫其中的精神追索，有擦亮意义。

高度

李振羽

课堂上为讲清一个
我身边的文学大师

我比之为
喜马拉雅之上的珠峰

有学生当即发问
那老师你算什么

我说至多算是
静宁城北的西岭吧

教室一片唏嘘
我只好再次说

如黄土高原的六盘山
好吗

牧风

Mu Feng

牧风,生于1968年,藏族,本名赵凌宏,甘肃甘南人,现任甘肃省甘南州委宣传部副部长、州文联党组书记、主席。1996年9月入西北师大数学系数学教育专业学习。中国作家协会会员、中国少数民族作家学会会员。已在《诗刊》《十月》《民族文学》《青年文学》《星星》《诗歌月刊》《诗潮》《中国诗歌》《中国诗人》《飞天》《延河》《西部》《山东文学》《北方文学》等报刊发表散文诗、新诗近50多万字。作品入选《中国散文诗一百年大系》《中国散文诗百年经典》《中国当代百家散文诗精选》《新世纪二十年中国散文诗精选》《中外散文诗60家》《岭南百年散文诗选》《中国新诗百年精选》《中国百年诗人新诗精选》《中国当代诗人诗选》《中国当代诗人代表作名录》等多种新诗、散文诗权威年选。著有散文诗集《记忆深处的甘南》《六个人的青藏》《青藏旧时光》、诗集《竖起时光的耳朵》。曾获甘肃省第六届黄河文学奖、甘肃省第五届少数民族文学奖、首届玉龙艺术奖、"记住乡愁"世界华文散文诗大赛金奖。鲁迅文学院第22期中国少数民族作家创研培训班学员。

诗观:诗歌就像一缕阳光沁入骨髓,令你由衷地发出惊叹。就如同草原上带露的格桑花瓣,晶莹剔透,又似鹰隼滑翔的英姿,穿越灵魂,荡气回肠。我认为诗歌就是灵魂的拷问,心灵的绝妙呈现。诗歌如果失去了血性和真情,就失去了责任和担当,也就缺失自由精神,意味着诗歌文体原动力和固有魅力的萎缩。

金城：师大献词

牧 风

你的名字就是一只五彩的蝶
舒展地落在我仰望的眼眸上
远望理科楼前裸露着的百年核桃树
那就是一抹生命的亮光
随年轮茕茕孑立

灵魂之上　命运之上
岁月锻造的金城名校
在秋的丰硕中透出橙色的背影
身段比年轮还要沉长

在夏日的鲜活里成长的师大校园
在月光下泛出白银的光芒
那被岁月吹动的两排古杨
隐藏在暮色的歌板上宁静的浅唱

核桃树下 | Under the walnut tree

落座在金城的心脏

蛰居的鸟虫和晨练的心跳一起鼓羽同鸣

我在安宁的晨曦里充当你最虔诚的子民

陪伴你一起迈进初冬的清寒

一起倾听生命之轮轰鸣作响

我是你骨髓里不可或缺的部分

就如同仁寿山下桃林的翠绿和绯红

那时时闪烁在晨钟暮鼓里的黄河

正在波涛汹涌里诉说千年沧桑

手捧你亮丽不朽的名字

我的心颤栗不已

与你共眠　枕着黄河封冻的夜歌

青鸟啼鸣　相约在梨花飞动的四月

用深情的眸子接纳你沧桑荣光

今夜我把你供奉在心灵神圣的一隅

直至地老天荒

一行行雁阵穿越兰州的上空

我怀揣情感的长诗短句

迎面撞破北国的秋风

那些躺在人生驿站上的语言

被笨拙的手掌堵住了话头

那年我望着厚厚的纪念册

思念已覆盖了周身

强劲的风开始搬运着苍凉

搬运着那个冬天最后的希望

那片片枯萎的落英

后面潜藏着谁的机密

是命运的灼痛还是骨骸的惊悸

是一泻千里的黄河

还是远方枯杨里暗长的春色

一切沉寂无语

那爬出的嫩芽在雪水下独自发声

　　　　　　　2021年初冬于羚城

陈勇
Chen Yong

陈勇，笔名陈用之。2000年6月毕业于西北师范大学地理科学本科专业，获理学学士；2002年6月毕业于西北师范大学中国古典文献学专业，获硕士学位；2017年6月毕业于广西师范大学中国古代文学专业，获博士学位。现为兰州交通大学文学院副教授，主要从事古代文学专业教学与研究，在《光明日报》《文学遗产》《中国文哲研究集刊》《国学研究》《船山学刊》《鹅湖月刊》等刊物发表学术论文20余篇。偶尔写诗。

诗观：从古典诗演化为现代诗，有超越文学本身的缘由，似可用人类集体无意识的观念看待。在古希腊乃至中国传统文化观念中，人们笃信和向往的世界是稳定的、有序的、相应的，具有周期性和对称性的。现代人逐渐认识到世界的多样性、复杂性、不可预测性，如现代物理学和数学会以非平衡、非线性、非可逆、非连续等系列以"非"的打头的概念分析和认识这个世界。故可以说，古典诗歌讲究字词对仗、声韵和谐、章法浑然等，是古典社会文化心理结构之使然。现代汉语诗具有包容、多元、自由的特质，更符合现代人的复杂、丰富、多变的心灵世界。

非花

陈 勇

根柢于泥土的黑暗,生命之火腾窜而上

向着天空

向着太阳

从枝头冲决而出,刹那幻化为无数

紫骝、赤骥、黄骠、白驹……

春意在嘶鸣

春光如过隙

花香四处飞散,如不谙世事的少年

有多少误入歧途

有多少所遇不偶

谁能抵近东风的双唇

谁能抱紧蜜蜂的大腿

可曾听见,在春天的深处

一片虚无的花海在呜咽

核桃树下 | Under the walnut tree

可否晓悟,最为造化钟情者
必将经受尘世最深的苦痛

阎海东

Yan Haidong

阎海东，1996年至2000年就读于西北师范大学中文系。大学期间开始文学创作，曾任西北师大文学联合会刊物《我们》编辑；1998年开始在《飞天》《诗刊》《文学界》等各类文学期刊发表大量诗歌小说作品。大学毕业后为甘肃农业职业学院教师。2006年至2012年就职于世界知识出版社《世界博览》杂志社，任编辑、执行主编等职；2012年后在央视新媒体CNTV工作，任时政、财经类编辑、主笔等职。目前为职业编剧、小说作者。

诗观：诗是灵魂的呼吸，是词语的炼金术，是人类意识超越日常经验的广阔见证。

灰鸽子

阎海东

远远地,灰鸽子携带深蓝的天空

落在辽阔的安宁,旧文科楼

古老的额头有鸽巢的余温

冒着白烟的冬日

将树冠冻得发黑

在热烘烘的暖气中

书写煤烟味的句子——

那将是二月的闪电

烤焦内心舒伸的睫毛

暗恋是曲折的台阶

在上上下下中相遇

却看窗外多余的蔷薇

这湖水般幽深的二月啊

先生在半圆形剧场

打捞荷马的骸骨，雅典的阳光

灰鸽子煽动着乳白的空气

飞过三月白的屋顶

于是，我热爱你天空色的牛仔裤

塑造的饱满曲线

打碎了阳光的玻璃瓶

被亮晶晶的词语重组

于是，在初春花坛旁的一射之地

少女般的地丁们开始猜谜

那隐隐的雷声如轻快的马车

划开激荡的绿风

三月，在旧文科楼墨绿的阴影里

在藏匿的桃花湿漉漉的边缘

簪花的姑娘耳语般朗诵

灰鸽子从她的眼睛里飞出

携带着蓝天的颜色

核桃树下 | Under the walnut tree

把四月的墨水瓶打开

一阵急雨和蔷薇拥吻

是我们的五月里

上升的精魂

卜卡
Bu Ka

卜卡,本名王强,1997年考入西北师范大学思想政治教育专业,2004年考入西北师范大学中国哲学专业攻读硕士研究生。2001年至今在兰州交通大学工作,现为该校文学院教师。著有《人间词话研究》和诗集《苏格拉底的黄金杯》。

诗观:诗是小道。

核桃树下 | Under the walnut tree

核桃因果

卜 卡

一枚核桃对于一棵核桃树的意义
在于发芽,
找到适宜的水和土,
长成另一棵核桃树。

我把一枚核桃摩挲,
在手心盘养,了断,
成为一枚失败主义的核桃,
一棵比夭折还要无望的核桃树。

核桃树,只能在意念里摇曳枝叶了,
在形而上之上歌唱了。
为了歌唱,我给核桃打孔,
打七窍玲珑孔。

如果时间是沙漏,

粉状的核桃仁从七窍哗啦哗啦地渗漏
就是历史
不成为历史的隐忍、独白。

歌唱吧！吹一口叹息在孔，
竟也有核桃树难得的回响。
是的，核桃说它重新回到了树上，
见到了好久不见的枝叶。

刘林山
Liu Linshan

刘林山，笔名刘山。1997年进入西北师范大学政法系学习。诗人、小说家、大学教师、律师，博士。中国作家协会会员、中国通俗文艺研究会诗歌委员会副秘书长、中华辞赋家联合会副理事长、甘肃华夏文化研究会副会长，甘肃省文学院签约作家、鲁迅文学院第四十届中青年作家高研班学员，入选诗刊社第33届青春诗会、甘肃"诗歌八骏"。作品散见于《诗刊》《中国作家》《北京文学》《星星》《上海文学》等文学期刊和多种诗歌选本和文摘报刊，著有诗集《春风痒》《病中书》《甘肃赋》，中短篇小说选《阳光不锈》等，曾获甘肃省敦煌文艺奖、黄河文学奖、甘肃省杂文评选一等奖（第一名）、全国性诗歌比赛一、二等奖等奖项。

诗观：写诗是件美好的事情……携诗歌前行，倍感生命的宽广与丰盈。

树的自白

刘林山

欲望

一片落叶还没有终止
一棵树的欲望
它继续在腐烂中发出光

哦,我多想活着时被众人敬仰
我多想在死后又被众人哀悼
由此,我不停地向着人群
挥动着手臂
告诉他们我还活着
我又不停地向前奔跑
告诉他们我将死去

郭富平

Guo Fupin

郭富平，1978年生于甘肃通渭，1999年9月考入于西北师范大学文学院学习，2001年7月毕业。文学博士，现为天水师范学院文学院副教授。

诗观：情感能量的蓄积、沉潜，然后裂变、喷发。以精微至广大。

一段废弃的乡间公路

郭富平

从遥远的异地赶来
在现代交通的抵达之外
我开始用双脚丈量这段废弃的乡间公路

六月的午后
阳光是一种巨大的铺排
正给收割过的田野镀上一层耀眼的白
而两旁油菜花金色的吹奏
分明加深着此刻的空寂
——从未有过的空寂
贫瘠的童年如一匹白马从眼前掠过

翻过这座山梁
就能望得见梦中的故乡了
我加快了脚步
这时一阵风从背后吹了过来

孙小伟

Sun Xiaowei

孙小伟,甘肃静宁人。2002、2005年毕业于西北师范大学物理系,获学士、硕士学位;2012年毕业于四川大学、中国工程物理研究院,获博士学位;美国华盛顿卡内基科学研究所访问学者。现为兰州交通大学教授,博士研究生导师,数理学院院长,甘肃省"飞天学者"特聘教授。长期从事高压物理学、材料科学与工程、轨道交通装备材料与应用工程等理工交叉学科的科学研究工作,先后在 Scientific Reports、Physical Review E、Journal of Applied Physics、《物理学报》《中国科学》等国内外著名学术期刊发表科研论文140余篇,业余写诗。自中学时期开始发表文学作品,本科期间担任《我们》主编,2003年出版诗集《虚拟的幸福》。

诗观:用逻辑思维挣工资,用抽象思维来写诗。前者有安全感,哪怕入不敷出;后者是在粗线条上荡秋千,劲儿使上写,心静下看。

核桃树下杨柳风

孙小伟

吹面不寒的杨柳风

从旧文科楼背后伸出细手臂

紧紧搂住这棵歪脖子核桃树

摇啊摇　把我摇醒　一睁眼

二十年时光就这样一晃而过

沾衣欲湿的杏花雨

在兰州细细地下了二十年

图书馆前的核桃树　跟着绿了二十年

二十年二十种修辞

在杨柳风下一直讲着年轻的故事

二十年来　核桃树听我把话说尽

二十年里　我看轻了功名　但依然看不淡生死

我从专业看世界　世界了无生趣

我以诗歌做佛陀　颇觉众生可疑

核桃树下 | Under the walnut tree

二十年来曾诚心皈依

却又难抵禅寂的冷意

二十年前的我　98级学生　想家爱家　只哭不笑

二十年后的我　心态阴老　语气苛薄　恩怨必报

唯有这棵核桃树

种在我心上的核桃树

我们还感念着彼此的温度彼此的好

走回去

需要走回去

君骑骏马我骑驴

同回母校看花去

满目都是旧时光

核桃树下天地广

吕
建
军

Lü Jianjun

吕建军，甘肃秦安人。甘肃省作家协会会员。2000年7月自考西北师范大学政治学专业学习，2004年7月毕业。诗歌散见于《诗刊》《星星》《诗歌月刊》《诗选刊》《延河》《绿风》《诗潮》《扬子江诗刊》《中国校园文学》《四川文学》《青海湖》《飞天》《草堂》等刊。偶有作品入选一些权威选本并获奖。

诗观：自心灵深处的震惊与痛感，越过苦难的表象看到人世的一切，这种精神的撞击，渗透，往往使文字更具光芒，突兀成山！

兰州

吕建军

风。一直在刮
无名的山头落着鹰的孤独

秋天在茫茫的旷野没有尽头
夕阳像凸起的城池
散落在兰州之西

成群的飞鸟叼着大把大把的暮色
往嘴里咽
落日埋没着一切
等待神祇降临

而群山
都盛装迎送着黄河
天就要黑下来
万物停下奔波在暮色中相互挨靠

唯有草木的星光
一直在高原清冷的土石上
取下些许的温暖

木 木
Mu Mu

木木,本名王红霞,2001年9月考入西北师范大学经济管理专业学习,2005年7月毕业。诗作见于《星星》《诗选刊》《诗潮》《诗林》《飞天》等刊物。现供职于天水市人大常委会。

诗观:这辈子能说出来的话不多。我的隐藏和留白,交给诗歌表达!

草木一样的悲伤

木 木

我在豆角架,南瓜藤下想起你
我在金色的犁前想起你
我在埋头吃草的羊群中想起你
我在发光的万物中分辨出你

黄昏,我在道路两旁的树木前想起你
在颤抖的叶子中间想起你
秋风里,它们一片片落下
发出沉闷的声响

父亲,我在空荡荡的人民路想起你
我也成了空的
怀抱是空的,脚踝是空的
十月,我空荡荡地想起你
我有草木一样的悲伤

马吉庆
Ma Jiqing

马吉庆,1984年生,青海化隆人,中国农工民主党党员,兰州市青联委员,兰州市设计师协会理事,甘肃省青年书法家协会会员。毕业于西北师范大学2002级汉语言文学专业,知名编辑、著名设计师,现任敦煌文艺出版社策划部主任。曾获中华优秀出版物奖、全国书籍设计优秀奖、甘肃省优秀图书奖等多项国家及省、市奖项。获得敦煌文博会工作"先进个人"、甘肃省"优秀青年文化人才"等荣誉称号。

诗观:诗歌是词语的音符,是知觉的通感,是语言的画廊。

老虎飞起来

马吉灰

乌夜如流动的黑铁
掉转身
撞进一片薄纱的原野

天幕间的锈迹斑斑
舞动且狂野
没有人会走远
更没有人会感到饥饿

针尖上的一匹烈马
翅膀一扇
蹄子再无踪迹

告别了大河的容颜
寂寞领着我走
耳后毫无声息

核桃树下 | Under the walnut tree

倒影中的自己
不是孤客

白发三思
如灰蛇一般舞动
日子是听到的一眨眼
我并不奇怪
一躺下山峦喷涌
梦里老虎也就要飞起来

高亚斌

Gao Yabin

高亚斌，2005—2008年就读于西北师范大学文学院中国现当代文学专业，获文学硕士学位。文学博士，有论文80余篇发表于《文艺理论与批评》《暨南学报》《文艺报》等学术期刊，有散文、诗歌一千多首（篇）见于《青年作家》《中国诗歌》《星星》《诗潮》《诗林》《诗选刊》等刊，及《中国诗歌年选》《中国年度优秀诗歌》《新诗百年经典》《21世纪世界华人诗歌精选》《中国当代诗库》《百年新诗网络诗典》《新世纪诗选》等各种选本。

诗观：诗歌会是一把火焰，燃烧每个青春的空旷和寂寞。诗歌也会是一片阳光，照亮自己的身影，呵护晴朗的田野，让每一天里都明媚灿烂。

枣树下

高亚斌

在枣树下面,我不想天下之大
英雄四起,乱石堆放在河岸
那些风吹过的山坡
野花被佛手拈着

在枣树下面,我们安置了小小石桌
茶杯早已冷了,两个闲来无事的人
在午后的拉长中停住了话题
神清气朗,羽化
成为神仙

茫茫天下,江山的代谢如此剧烈
枣花开了、枣花又落
它的骨头坚硬,岁月比它更脆弱
它的枝干疏落
比梅花更疏影横斜

斗转星移、人世变迁，在红尘渺茫中

我只想一卷书、一杯茶

守在一棵枣树下

浮云来去、风吹花了须发

何不度

He Budu

何不度，本名何瀚，20世纪70年代初生于甘肃西和，2005—2008年西北师范大学现当代文学专业硕士研究生在读。现居兰州。出版诗集《异己者雅克》等。

诗观：人性是复杂的、生活是曲折的，没有简单的对与错。不管我们现在生活在哪里，以何种方式生存，我们选择的是那个能让我们继续活下去的存在方式，我们不能以理论代替现实，不能以概念代替生活，也不能以预设来完成诗歌。其实，我们更应当看到的是人的生存的问题、是人性的问题，而不只是诗歌的问题。如果我们在这里谈论诗歌，那恰恰是因为诗歌是与人的生存及人性有着如此千丝万缕的联系，以至于使它刚好成为了一种我们必须选择的形式；如果我们在这里谈论诗歌，那恰恰是因为诗歌在这里处理和安顿的是我们生命中理性无法处理、无法言说的恐惧与情感及需要——是宗教、哲学、道德等无法给我们安慰之后，是科学、物质化的边界一再扩大而我们的情感无法安顿之后，是理性一再深入黑洞而情感的黑洞也一再被挖掘之后——我们被要求：沉思，写诗。

在这陌生的人世

何不度

那匹马,
它在群山之中,
在群山中一座山的一隅。
它是自由的,
可一览周围起伏的山峦;
它是不自由的,
几十米之外,
就有围着它的
铁栅栏。

就像
所有的繁华
与热闹
都有着一张落寞的脸,
那匹马,
它的神情与

核桃树下 | Under the walnut tree

在离它不远处屋子前

远望的人

一样。迷惑于

铁栅栏之外

是怎样的

世事和

云烟。

2021.7.23

马路明
Ma Luming

马路明,汉,70后。2005年至2007年就读于西北师范大学中文系,获文学学士学位。作品见于《诗刊》《星星诗刊》《飞天》等刊物。作品入选《2003年度中国最佳诗歌》《2015年中国诗歌精选》《飞天60年文学精品诗歌卷》等多种选本。

诗观:尽管莎士比亚们李白们已经为人类建造了一座座诗歌的金字塔,可是总该有人对它们修修补补,做一些艰辛异常、从长远看却微不足道的工作!所以,人类要想受益于文明,受益于诗歌,那么诗篇还会被写下,被一代代诗人写下去……"修补"——修补造化之不足、人生之不足、文学之不足——包含了我要写作的巨大渴望。

私奔到唐朝

马路明

一部沉甸甸的唐诗：一个
辉煌磅礴的朝代
打开扉页：唐朝的门

我们骑马而去吧
我在前　你在后
把我抱紧

一片树叶就是我们的通行证
露水就是银子
微笑就是我们的名片
凭武艺和写诗技艺
我们就倍受才子款待美女仰慕

带一卷诗歌去
换几卷唐代的朝霞　白云　丝绸

换回唐代的星　歌　酒

在唐代最美好的诗歌里

建一座家园

麦田　稻地　桑园　花园

有诗里的河流浇灌

你读书　弹琴　纺线

我写诗　饮酒　练剑

如果李白不是我们的酒友

杜牧就是我们的诗兄

异国朋友也慕名来访

没有任何陈规陋习约束我们

我们可以把唐代的千山万水走遍

那时我用花朵消灭战争

用月光洗净战场

去往唐代　去往唐代

用心跳造一把锁

我们再也不用回来

单永东

Shan Yongdong

单永东,笔名田末,1990年出生,甘肃张掖人。2013年毕业于西北师范大学中文系,曾任学校第二十三任文学联合会会长兼会刊《我们》总编。

诗观:我孤傲地行走在布满尘土的街上,抬起头,看看云朵后面的星星。

兰州的雨,能否降落在故乡?

单永东

兰州的五月,一个夜晚
我孤傲地行走在布满尘土的街上
抬起头,看看云朵后面的星星
那降落在我脸上的水珠
是不是星星的眼泪?

兰州的雨,打湿了孩子的心
孩子哭了
泪水洒在了故乡厚重的土地上
留下一道道沟壑
在美丽的山峦

兰州的雨啊,你可否降落在故乡
和黄土地幸福地拥抱
和夜晚幸福地拥抱

核桃树下 | Under the walnut tree

雨水模糊了故乡人们的视线

他们脸上的水珠也洒在了故乡

五月,兰州在下雨

故乡的眼睛干了

故乡人们的心也空了

我跪求苍天

兰州的雨,你能否降落在我的故乡?

杜小龙

Du Xiaolong

杜小龙，85后，甘肃临洮人。甘肃省作协会员，2008年进入西北师范大学汉语言文学专业学习，有作品见于《散文诗》《散文诗世界》《延河》《星星》《作品》《飞天》等刊物，及某些诗歌选本并获奖，《作品》特约评论员，出版诗集《风吹故乡》。

诗观： 诗即生活的提纯，生活孕育着诗的孩子。

一个人的命中之盐

杜小龙

一个人独自离开了故乡。盐上春秋
是白茫茫的乡愁——一粒盐就是一座城,
白城绿城红城蓝城,这海盐之城藏着
水的全部秘密

一个人的命中之盐微量而略咸
湿地上,百河驮着百桥,
在万里长江入海口
百万水鸟翔止,十亿盐沙入海
一片汪洋。风吹盐城

一座生命之城被泪水包围了,
在时间的荒野里,
很多人丧失了生命,唯其有爱
一座城里太多的故事,仿佛从未开始
早已悄悄结束——仿佛不易,
仿佛天下无盐

陈 刚
Chen Gang

陈刚，1989年生，甘肃天水人，2009年9月自考西北师大文学院汉语言专业学习，2014年7月毕业，诗歌见于《十月》《诗歌月刊》等，偶获奖。

诗观：尽可能自然、诚实地抵达日常，竭力以词语擦拭内心的尘埃，以求被光找见。

核桃树下 | Under the walnut tree

一棵核桃树

陈　刚

必然有另一个人，站核桃树下，
等一些人，话别后，
各自穿过长长的林荫道，
奔向四处——笃信
美好的事物，就在前头。
终其一生，他期待自己，
像文科楼与图书馆之间的
那棵桃树一样，
开朴实的花，结坚硬的果，
被透明的日光照见。

曹忠

Cao Zhong

曹忠，男，四川泸州人，四川省写作学会会员，兰州市作家协会会员，四川大学文学与新闻学院博士研究生在读。已发表文学作品20余万字，出版有长篇小说《那些青春如诗的日子》（中国财富出版社），诗集《思乡练习曲》（四川大学出版社），学术散文专著《丝路风云》（敦煌文艺出版社）等。2010—2014年在西北师范大学文学学院汉语言文学专业就读，2017—2020年在西北师范大学传媒学院戏剧与影视学专业就读。

诗观：诗歌是人生底色，是温润生活的调料。

西北之夜：以风的名义

——谨以此诗献给西北师大建校120周年

曹 忠

忽然间想起

我曾是

凋零在西北黄昏里的

一颗青芒

曾在盘旋的秦岭道口

背负着

褴褛的书籍

和战火中的忧伤

那一年

当我窥见了西北荒凉的石头

我想

所有的人都将会把我遗忘

那一年

我打马走过西北荒凉的边城

停在了兰山脚下

那一年

在凋零的风里

我种下了第一棵开花的洋槐

搭起了第一间简陋的讲堂

在荒凉的西北

我的名字在荒凉中生长

我从不在秋日的黄昏

刻意向牧羊人讲诉西北的荒凉

我怕西北的黄沙

硌伤了他们眼里的企望

而今夜，我回来了

站在一棵开花的槐树下

陇东的夜色

总有麦子的深邃

年代里的风

是一只子衿鸟

化梦而翔

今夜

西北之夜

以风的名义

我把百年的歌声重新唱响

核桃树下 | Under the walnut tree

三千里茫茫的西北

今夜

以风的名义

刻记师大百年的沧桑

许治彪

Xu Zhibiao

许治彪,甘肃环县人,2014年西北师范大学文学院毕业,现居甘肃张掖。

诗观:文显其品,方动人心。

西北偏西

许治彪

关 呼啸着几多轮寒暑的侠骨雄踞
月 浸染了多少个春秋的柔情似水
那断壁残垣下的侧身斜矗
是谁把侠骨柔情撒了一地

我把思念寄予明月
才发现她竟会消殒变质
那虎踞的雄关总可以承载些许微情吧？
寒风却也将最后的一丝温存吞噬

秦时明月汉时关
最后的最后
却都仅仅是如灰的历史

也许　若干年后的乡间城市
孩童仍会口耳相传

西北偏西的角落

传说　有一段温情被镌在

月下的城墙

随风而逝

张
玲
Zhang Ling

张玲，2012—2016年就读于西北师范大学教育技术学院，曾任西北师范大学文学联合会会长，负责编辑会刊《我们》第35期。现任教于益阳市桃江玉潭学校。

诗观： 在写诗的过程中获得感受爱与苦难的能力，获得体悟生命真谛的能力，这是诗歌创作对我产生的益处。我们的生命需要诗，正如我们活着需要粮食。

看 客

张 玲

那条小道没有美丽的名字,
微风拂起的枯叶落在时光里。
我的男孩他们在说话——
要是那个老头还在就好了,
他的足迹遍及哥伦比亚。

那天阳光美得不像话,
核桃树骄傲地伸展枝丫,
我歪着头看着满天的云霞。
那个孩子说,
它每晚都会出现在我的象棋盘上。

一眼望去的车水马龙,
安然隐退在季节里。
那些年少的故事呢?
你说过要来,所以

核桃树下 | Under the walnut tree

我一直在等。

为何你要为我
斟满这一碗又一碗的酒,
我的心事像极了百威的泡沫。

那天夜里我回到家,
想起天边的云霞和老树的枝丫,
听到颤抖的叶子在说话。
你说,窗边的红叶李
绚烂了我一整个仲夏。

周文艳

Zhou Wenyan

周文艳，生于1994年，汉族，曾用笔名周小蕈，籍贯甘肃泾川。2012年进入西北师范大学读本科，俄语专业。2018—2021在西北师范大学读戏剧与影视学硕士。现为师大文学院文艺学在读博士，研究方向为文艺理论与批评。青年诗人，作家。中国文艺理论家协会、甘肃省文艺评论家、作家协会会员。已于《中国当代文学研究》《中国艺术报》《阿来研究》《文学自由谈》《边疆文学》《绿风》《飞天》《甘肃日报》等刊物发表诗歌、散文、影视与文学评论多篇。

诗观：写诗，就是通过不断地追问，不断地营造意象，去寻找灵魂的出口，以及那个真正的自己。梦境、幻象、黑夜、虚无……以自身的敏感与感受力，让碎片化的意象，在伸手触及黑暗里，反射光芒。

远道而来的核桃

周文艳

从一场邂逅开始

从一场雪结束

我们走着,还像以前一样

静静地,静静地

飞机的隆隆声

与大块的云朵　山脚下的黑烟

站在一起

影子高高低低

一颗远道而来的核桃,开始

一条河流

巨大的蒲公英

待我摘下,就已失去一半的

羽毛

剪去的长发

坐下来,坐在我对面

伸手,把一个女孩从噩梦中捏醒

伸手,伸进女人衰败的子宫

伸进她脸上的瘀痕 纸杯上的

口红印

躲在壳里的人,决绝成一个闲话

核桃树下

一颗远道而来的核桃

用奔跑来纪念,并遗忘

  2021.7.12夜,写于黄河北岸

北浪
Bei Lang

北浪,本名刘鹏辉,甘肃镇原人。2015年进入西北师范大学,2018年毕业于西北师范大学汉语语言文学专业,作品散见于《新世纪诗典》《诗刊》《人民文学》《星星诗刊》《新大陆诗刊》(纽约)等刊及多种权威选本,出版诗集《低音区》和文学批评专著《捉影书——21世纪庆阳文学研究》,有文字被译成英、德、韩等语。

诗观:写诗就是认识自己。

白马池

北 浪

高中同学宋玉兰

七夕前从南方回来探亲

我们相约去

三十年前的母校走走

母校已经成了幼儿园

西山的白马池边

一片依旧清静的林荫路上

我们并肩坐在树林里

谈论着记住的同学

当提到王军和赵琼时

两人都陷入了沉默

因为父母对婚事的阻挠

他们跳池殉情的事故

在当地流传了

好些年

核桃树下 | Under the walnut tree

上山的路上

我们不约而同地

牵着彼此的手

     2021. 8. 12

刘
芳
Liu Fang

刘芳,1988年生,甘肃兰州人。西北师范大学传媒学院2016届硕士,文学院2020级在读博士。兰州财经大学商务传媒学院讲师,甘肃省作家协会会员。曾在《南方日报》《新闻研究导刊》《艺术科技》等刊物发表文章,合著著作有《结构、映像、突破——类型电影研究》。

诗观:残缺与完整是天地万物透露的真实符码。

与风赛跑

刘 芳

我曾奔跑在朔风旷野里

与风赛跑

我发现 我跑不过风

因为每次

在我马上要超越它时

它就会转身来使劲地推着我

让我无法前行

我眯了眼

在飞沙中狂奔

肆无忌惮地手舞足蹈

我不放弃

我只想挣脱

风也是倔强的

它不愿与我握手言和

于是就这样相互撕扯着

我的头发飞起来了

我的眼里跳进了沙子

我的嘴唇被强烈的力扭曲了

但是 我决不屈服

我用胳膊庇护眼睛

用双腿扎稳脚步

无论如何摇摆

风也无法将我推开

就这样僵持不下吧

看看谁是最后的胜者

终于

风放弃了

它把公平还给我

减小了阻击的力道

继续同我赛跑

胜负仍然未分

无论还有没有下一场搏斗

我仍将一往无前

陈丽

Chen Li

陈丽,2017年就读于西北师范大学传媒学院,戏剧与影视学硕士,作品散见于《兰州文理学院学报》《飞天》《文艺报》《黄河文学》等报刊。

诗观:零零碎碎,点点滴滴。那不是童年,那是一部遥远的童话故事。

妈妈就是现在的样子

陈 丽

太太,你的脸上怎么这么害怕

太太老了……

你奶奶脸上害怕不

不害怕

奥……

我不记得了

我使劲想

怎么突然想不起奶奶的面容

越想越模糊

反正我记得肯定不害怕

我问妈妈

为什么太太脸上那么害怕

妈妈说人老了都会那样

妈妈还说

有一天她也会变成那样

我不信

核桃树下 | Under the walnut tree

妈妈不会变成那样

妈妈就是现在的样子……

爸爸给我铺的床

那年大一开学

是爸爸送我到学校的

挑选了几个脸盆,买了被褥

爸爸帮我选了高床

说住着舒服些

他上去用扫帚先是扫了一遍

又一层一层帮我铺好了床铺

下铺同学的爸爸也来了

他说他累了要到女儿的床上休息一会

我也多希望爸爸累了

在我的床上休息一会……

刘红娟

Liu Hongjuan

刘红娟，曾用笔名夜泊，甘肃通渭人，1992年生，甘肃省作协会员。2017年9月进入西北师范大学汉语言文字学专业学习，研究方向：出土文献与古文字研究。2020年7月硕士毕业。现就职于广东省韶关学院。先后于《诗刊》《飞天》《星星》《黄河文学》《中国诗歌》《延河》等刊物发表诗歌百余首。在"2017全球华语爱情微信诗""万年浦江·千年月泉"全球华语诗赛、首届"华文杯"、第六届"抒雁杯"、《中国诗歌》2020年"三行短诗·寄情新年"等大赛活动中获奖。

诗观：做我，而不是我们。

临摹一朵丁香的惆怅

——记师大四月丁香花开

刘红娟

舀一勺古代的酒
晕开一个朝代的忧伤
一朵丁香,选择用细密的愁来打开自己
像一个女子
总喜欢在春天,坐在镜中

原谅我不会用明媚的词语来修饰
原谅我借来古典的惆怅
原谅我在四月同丁香一样悲伤
原谅那个扔掉镜子的女子
跨越千年,来与我互诉衷肠

窗外,雨还在不停地下着
请允许我,铺开时代的宣纸
临摹一个朝代的雨声
临摹一朵丁香
秘而不宣的忧伤

谢腾飞

Xie Tengfei

谢腾飞，生于1994年11月。2017年9月进入西北师范大学，文学院博士研究生在读，主要从事中国现当代小说、诗歌研究，亦写诗著文。在《当代作家评论》《中国当代文学研究》《文化研究》《文艺报》《社会科学报》《长篇小说选刊》《飞天》《甘肃日报》等报刊发表多篇学术论文、评论文章以及诗歌作品，参与国家社会科学基金重大项目2项，省级项目1项，在校期间获得研究生国家奖学金、西北师范大学2019年"董守义篮球杯"先进个人以及华中师范大学中国农村研究院"中国农村调查"优秀奖等多种奖项。

诗观：诗歌是我们这个时代的理想主义，写诗这件事情和生活一样，首先应该是给自己看的，她必须是有美感和痛感的表达。

核桃树下 | Under the walnut tree

关中有个女麦客

谢腾飞

轰隆隆的收割机响个不停
这声音从东传到了西
从关中麦地传到了陇上黄河
母亲抽空回了一条语音
我知道
我不该打扰她的
黑天白日
她忙得都充不上电
没说几句
她说,不说了,不说了,没电了

我突然记起读过的课文
《麦客》
原来,母亲现在也是麦客
只不过她不用镰刀
她和她的爱人
正驾驶着收割机

义无反顾地收割千家万户的希望

在下场大雨来临之前

要收光所有的麦子

在麦子还没长成的时候，诚心祈雨

收麦之时，又恐下雨

因为麦子在它临终时不能见雨

见了雨便生出绝望的新芽

何其悲乎

当然，我知道我有点虚伪了

就在我写下这些的时候

母亲还在算计昨天和今天的损失

成本越来越高

麦价便越来越贱

倒数第二条语音，母亲说车坏了

我知道又是一个星光夜，她们才能回家

而此时，她们水米未进

或许，我写下的是诗

可能读起来还有点诗意

但我知道这是多么的讽刺

核桃树下 | Under the walnut tree

因为在这背后是多么不平等的交换

我只能索取,无力给予

我又能做些什么呢

我什么都做不了

作为村庄和家族的逆臣贼子

我感到此时龌龊无比

哪怕终其一生的奋斗

也只能换来无尽的逃离

我忽然看见了我的墓志铭

上面刻着:

"故乡的叛徒,时间的弃儿"

与母亲那劳作与踏实的

她从不抱怨的生活相比

我的生活简直乏善可陈

这是一种平庸之恶

我只能不断地和它作斗争

不过让人感到幸福的是

母亲依然是有力的

她的肉身正和机器一起

传递无尽的勇气与光芒

尽管她终将会倒下
但我知道,她有一个坚实的臂膀可以依靠
那是她的爱人,她的男人
她在倒下之前,也还会挂念两个儿子
一个叫飞飞,一个叫园园
老话说,娘的心在儿子身上
儿子的心,在石头上
但愿,我们的心
也在娘的心上

写到这里,我泪流满面
或许我的诗该结束了
我已端不住手机
虽身处密室,但我想念母亲
她正在旷野上,收获大地的礼物
此时,我感到幸福
我有一个母亲
一个作为麦客的母亲

田 硕

Tian Shuo

田硕,笔名容羽。2021年毕业于西北师范大学哲学院,曾是一名媒体人。2019年开始尝试写作,在《飞天》《诗潮》《青春》《芒种》《鸭绿江》《扬子江诗刊》《中国校园文学》等刊发表小说、诗歌。

诗观:人若是艺术的栖息,诗歌就是艺术的方式。

合影

田 硕

坐在发黄的长椅上
旁边是人文楼慈祥的残垣
那些刚刚开过的花瓣
正好落在尘土里

合影的时候
我穿着学位服
带着校长拨穗的帽子
时光是一条笔直的皮鞭
此刻永不返回

无需怀念,更无惆怅
在瞬间者便已永恒

薛蕊蕊

Xue Ruirui

薛蕊蕊,90后,甘肃天水人,2018—2021年西北师范大学文艺学专业硕士研究生。发表诗歌小说散文若干,曾获小说奖。

诗观:列车行驶在雪原,晚霞收于青山,树根在地底前行,我的诗此时生出来。

我数次举起相机对准空无

薛蕊蕊

爱和泪水

凝成的飞箭

在B56#

回环

抬头看一棵树

长到那般年纪

扮演片区上帝的角色

静默不语

翻到英语

Blade令我心惊

它如何做到既是叶片又是刀片还是桨叶的呢?

阿天
A Tian

阿天，本名王顺天，90后青年诗人，2019年就读于西北师范大学传媒学院，戏剧影视学硕士。甘肃省作家协会会员，甘肃省评论家协会会员，甘肃电影家协会会员，戏剧影视学硕士。作品见于《诗刊》《飞天》《中国诗歌》《星星》《草堂》《诗歌月刊》《诗潮》《中国校园文学》《文学报》《甘肃日报》《兰州日报》《甘南日报》《临夏民族日报》《长篇小说选刊》等。获第六届中国校园"双十佳"诗歌奖，第四届全国大学生"野草文学奖"，第三十四届全国大学生樱花诗歌奖，中国作协诗刊社国际诗酒大会优秀奖，入围首届阳关诗歌奖。民刊《温度》诗刊副主编，著有诗集两部，现居兰州。

诗观：写诗是一种生活，在这个物质和喧闹的时代里记录我们最纯真的情感和表达，给予我们内心世界里关于理想和生活的描述和期待。

核桃树

阿 天

我坐在爷爷坐过的椅子上

看着他看过的夜空

仿佛一切都没有改变

又仿佛早已消失不见

旁边的核桃树已经结满了果实

而我依旧两手空空

有时候觉得做一棵树也挺好

就那样独自长着,随风摇摆

接受着命运的安排

什么都不说

又仿佛什么都已说完

多么盛大的夜晚

连蚊子都变得躁动起来

一架架小型轰炸机不断向我发动着进攻

核桃树下 | Under the walnut tree

可我再也听不到有人轻声呼喊我的名字
摇摇晃晃地和我一起回家
此刻,在核桃树下
我愿意一动不动
接受他们的伤害

陈
岩

Chen Yan

陈岩,甘肃凉州人,生于2001年11月,2019年入学西北师范大学生命科学学院,虽就读于理工类专业,但喜好文学。

诗观:诗歌本是为了抒情而发,"一切景语皆情语"见景而有所感,有感而抒之,则为诗。喜欢清新自然的创作。

停下来

陈　岩

看看窗外

肆意追寻快乐的人们

悠然驶过的汽车

人群中嬉闹的孩童

稍稍停下

短短片刻之余

思考生活的意义

品尝平淡中的甘甜

想想明天

那路边的香草

那清晨的微风

那天边一抹淡淡的白

停下来

稍稍地停下来

你就会明白

生活的意义就在于此

停下来

嗅一嗅花的芬芳

听一听自然呼唤

品一品世间百态

再启程,伴着

市井小贩的吆喝

车水马龙的喧嚣

追寻着家的方向

烟火气息大抵是如此了

许多人行走匆匆

追求的不过也是

"人间烟火味

最抚凡人心"

罢了。

树贤

Shu Xian

树贤，本名冯树贤，甘肃白银人。2020年进入西北师范大学，西北师范大学传媒学院硕士研究生在读，作品散见于国内多种杂志、入选多种年度选本，著有诗集《逃上一棵树》《白银之歌》，曾获第六届黄河文学奖青年奖等多种奖项。

诗观：诗人应该坚守的诗歌写作首先要与诗人本身保持一致，要肯定诗歌的灵感与诗人天生的激情与感性，除此之外，对于生活经验的表达与艺术欣赏的能力要敢于承认，如此才可以找到诗歌的生活强度。

梦见与父亲牧羊

树 贤

我时常梦见与父亲一起牧羊

斜风拉扯着他的大衣,他一手

抱着胀痛的胃,一手掷石块

表情僵硬,泄漏着他的暗淡

细雨中我站立在空旷的草滩

我的亲兄弟还是童年时候的模样

在阵阵雾气里沉默不语

云朵暗黑,我们踏开了一座迷宫

成群的生灵,匍匐、舞蹈、飞翔

这多少年来一直压在我心头的沉思

我一个个辨认着他们的脸庞

强烈地感知生命

他们多么幸运,不发一语,他们

早已成为失忆的艺术品

只许我文字记录

核桃树下 | Under the walnut tree

我当然猜不透他们漠然的眼神

就这样,我在梦里往回奔跑
碰烂了一堵潮湿的土墙
我被空气推搡,左右摇摆,向后退去
地面上发出了鞋底摩擦滑行的声音
不远处,我触手不及的正是我的家啊
我看见屋檐的雨水滴滴答答
铁锨上拴着的牲口默然嚼着嚼子

任智峰
Ren Zhifeng

任智峰,甘肃庆阳人。2021年考入西北师范大学,现为文艺学专业硕士研究生。作品散见于《兰州日报》《星星·诗歌原创》《飞天》《中国校园文学》《延河》《中国艺术报》等,有作品入选《2018年中国大学生诗歌年选》。写诗兼事评论。

诗观:诗歌是对世界的语言方式,诗人以装置、器物和隐喻的方式言说自我。

飞鸟

任志峰

在树林暗淡的危险边缘,云层低垂
像熟透的柿子突然掉落。飞鸟优雅
的姿态,挣脱谜面一样难解的边框
它有金属一样的质地,灰色岩层的
羽毛,发光的柔顺背部是一处安静
的浅水海滩。众多飞升的同类盘旋
又落下,练习平衡固然重要,比起
航行般的迁徙,留恋这片无限深沉
的水域,纪念被黑色暴风无端摧残
的陆地中心。那棵松树周身的伤疤
是我爱过和存在的唯一证据。扇动
翅膀,是浪漫主义发亮部分的开端
一气呵成。来自众多太阳注视之下
重力阴影的脚踝连同无效的解释被
翅膀巨大的风驱赶如败北之师跌落
深不可测的底部。它尖长的棕色喙
和无情的爪又一次擦过树林的边缘

后记

高 尚

历经一年零八个月的筹划、征集约稿、文献索引和编辑录入，这部西北师范大学120年校友诗人诗选集，终于呈现在大家面前了。

而关于这部诗集的缘起，还需从三年前说起。

2019年10月18日，诗人、翻译家树才和法国诗人伊冯·勒芒来兰州和我相聚。其间，我们三人在西北师范大学文学院、外国语学院和传媒学院开展了几场题为"中法三诗人诗歌谈"的讲座、对谈和朗诵活动。

勒芒兄热爱中国诗人杜甫，是法国2019年"龚古尔诗歌奖"获得者，来自位于法国西北部的布列塔尼市。在这次聚会和活动中，树才告诉我，勒芒在布列塔尼创办了一个名为"诗歌的时刻"的论坛，已坚持20多年。活动即将结束时我提议：既然在法国西北的布列塔尼市有这样一个诗歌论坛，不如让它也在中国西北的兰州市共建一个"同步同名论坛"，互为呼应，创造一个更为多元、浓郁的诗歌分享和交流平台。这个提议得到勒芒和树才二位的热情回应。西北师大在坊间素有"西北诗大"之美称，我想，这个平台理所当然可以建在西北师大吧？

在活动期间一个晚餐上，我就这一想法和学校领导张俊宗先生进行交流，想不到当即就得到了热情回应：好事情，完全可以啊！这回应之迅捷，超乎我们三人预料。当树才将这一消息现场翻译给勒芒，他先是惊诧，继而开心得咧着大嘴笑个不停，我们立即起身，举杯向俊宗和学校表示致敬！我们深信校领导在那一刻绝非兴之所至，而是结合一所大学自身的应有之义，瞬间做出了这一回应，但这种迅捷的确令人惊叹，仿佛是一束来自诗歌的光芒。

作为这一回应的一个结果，2020年9月23日，学校发文正式成立"西北师范大学中外诗歌比较研究中心"，内设在外国语学院，由文学院、传媒学院、国际交流学院等学院共同支持；中心的首要任务是邀请不同国家、不同语种的诗人举办一系列"诗歌的时刻"沙龙、论坛活动。12月9日，学校举行了隆重的挂牌仪式。这一结果意味着什么？我想这正是诗歌那神秘的力量，它以这种始料不及的方式，让自身和一所大学如此深度、自觉地关联在一起。这也是诗歌穿越国境线，在人间、在黄河之滨兰州达成的一个神秘圆满。

挂牌仪式结束后，在外国语学院曹进院长为前来参加揭牌仪式的诗人树才、姚风二位举行的辞行晚餐上，张俊宗书记提议："诗歌中心现已正式成立，2022年是西北师范大学建校

120周年,西北师大建校以来涌现出不少优秀诗人,可否考虑借此机会,为学校120周年庆编一部诗集,120周年,120位诗人,120首诗?"不得不说,这是一个非常灵动的提议,而且对诗歌中心而言,又具有一种不折不扣的"对口"性,因此立刻得到了树才、姚风二位以及在场的曹进院长、文学院马世年院长、传媒院徐兆寿院长和我本人的热烈回应。显然,大家对这一提议的反应充满激情。很快,各种可行性的讨论,渐渐汇聚于一个清晰的意象:核桃树下。

"核桃树"是西北师大一个既传统、经典,又很具标识性的"意象",它朴素、坎坷,又富有神秘、强大的生命力,顽强地植根在这所大学的历史和精神记忆里。因此,仿若天成,这部诗集的名字就这样诞生了:《核桃树下》。

天成,是诗歌的一项公开法则。这本诗集的具体编纂最终由我来承担,也具有某种"天成"意味。

《核桃树下》是一本开放式诗集。

一方面,其中所选诗人,大都着眼于西北师大自建校以来,不同时期出现的在校内外、国内外不同层面具有一定影响力的诗人,包括接受过本校各种形式的非全日制学历教育的诗人,120位诗人名单的确定,是经校内外诗人、专家和学者共同推荐遴选形成的。

另一方面,本诗集中所收作品,除已故前辈诗人及个别无法联系的诗人的作品系从相关文献、选本中摘选所得外,其他绝大多数作品,皆出自诗人自选。因此这更像是一本由120位诗人集体完成的自选诗集。

另外,这本120周年诗选集,是某种开始,它是对130周年、140周年乃至未来无数周年的呼唤。

诗歌创作必然内含着诗人对诗歌的直觉、想象和基于前史的判断、理解,或者说,一个成熟诗人的写作,总是基于他的某一个人"诗学"。因此本诗集在征稿时,力求每位诗人能简要地出示自己的"诗观"。限于联系不便和其他困难,我们虽未能成功获取每一位诗人的"诗观",但大多数还是拿到了。这也是这本诗集有别于其他大多数诗集和选本的一个"亮点"。

任何一本书的完成,是一门遗憾的艺术。这部诗集的编辑也如此。首先,基于对"120周年"的呼应,本诗集只收入了120位诗人的作品。而实际上西北师大自建校至今,涌现出来的诗人在数量上远不止于此。对于不少校友诗人未能入选,我们怀有莫大的遗憾,希望能在下一个增选本中将他们逐一纳入。其次,作为一本富有"自选"色彩的诗集,它也带有一种无法自恰的悖论:一些诗人虽在个人整体写作中不乏佳篇妙构,但在"自选"的自由中却陷入眩晕,以致有些所选作品的水准略逊于作者自身的实际水准。鉴于本诗集带有"庆典"性质,其庆祝意味或可部分地模糊这种失当。还有不少遗憾，在此就不一一赘述了。

本诗集在编纂过程中得到了张俊宗、韩高年两位校领导的大力支持和关心。

诗人、诗歌评论家、前文学院院长彭金山教授，学者、文学院院长马世年教授，学者、外国语学院院长曹进教授，作家、学者兼诗人、传媒院院长徐兆寿教授，在本诗集诗人名单推荐、文献索引等方面给予了慷慨帮助。

诗人、文学院在读硕士任智峰，诗人、文学院硕士薛蕊蕊，诗人、传媒院在读硕士冯树贤，诗人、生命科学学院学生陈岩等，分别承担了诗集通联约稿、文献索引、初校整理、文本录入等主要工作，付出了大量时间和心血。

学者、文学院前院长赵逵夫教授主编的校友诗选《星河灿烂》，为本诗集编选提供了文献支持。

——在此，我一并向他们表示由衷的敬意和诚挚的感谢！

限于能力，本诗集在编辑过程中难免出现错讹和疏漏，不周之外，敬请读者批评指正。

2022.7.29，兰州